나의 하나님,
고난의 바다 위에서 본 별빛

나의 하나님, 고난의 바다 위에서 본 별빛

지은이 | JB KIM(김죽봉)
펴낸이 | 이태호
펴낸곳 | 클리어마인드

초판 발행일 2017년 12월 20일

출판등록 | 제300-2005-54호
주소 | 서울시 종로구 삼봉로 81 두산위브파빌리온 1337호
전화 | 02-2198-5151 **Fax** | 02-2198-5153
e-mail | gobs108@hanmail.net

ISBN 978-89-93293-41-8 03810

값 18,000원

나의 하나님, 고난의 바다 위에서 본 별빛

JB KIM(김죽봉)

클리어마인드

프롤로그

1

한국 나이로 여든넷, 나는 아직 직장생활을 합니다. 앨라배마 주와 조지아 주 등의 여러 회사를 총괄하고 두 개의 회사는 아직도 대표이사로서 필드에서 젊은 직원들과 똑같이 집에서 승용차로 10분 거리에 있는 사무실에 나가서 2층 개인 사무실에 앉아서 커피 한 잔을 마시면서 일을 시작하고, 저녁에는 차를 몰고 집으로 퇴근합니다.

앨라배마 그린빌의 석양은 아름답습니다. 주변에는 우리 회사 소유의 골프장이 있습니다. 넓은 잔디밭이 펼쳐진 전원 너머로 발그레한 태양이 빛을 뿌릴 때쯤 세상은 온통 그 빛을 머금고 행복한 휴식을 맞이합니다.

집 뒤뜰에는 내가 사나 심은 한국 배나무와 사과나무 등 유실수가 십여 그루 자라고 있습니다. 가끔 사슴이 놀러 와서 유실수 어린 잎새를 뜯어먹다 돌아가고, 그 무렵 동쪽 하늘엔 커다란 왕별이 빛납니다.

아내와 나는 매주 일요일 직접 운전해서 한 시간 거리에 있는 몽고메리 한인교회를 다닙니다. 아내는 일요일 외에도 수요일 아침에도 빠지지 않고 교회에서 중보기도회에 참가합니다. 문득 살아온 세월을 돌아보면 참으로 굴곡 많은 삶을 살았다고 생각되지만, 지금 나는 행복합니다. 세상 누구도 부럽지 않은 노년을 보내고 있습니다.

2

흐르는 강물처럼 역사의 흐름은 언제나 도도하게 흐릅니다. 한 개인이 이 흐름 속에서 할 수 있는 일은 거의 없습니다. 시간을 거스르고 공간을 초월하는 절대적인 힘만이 개인에게 닥친 운명을 바꿀 수 있을 것입니다.

60여 년 전, 나는 우리 민족에게 닥친 커다란 시련이었던 분단과 전쟁의 틈바구니에서 상식으로는 받아들이기 힘든 소중하고 놀라운 경험을 했습니다. 이 신비로운 경험은 그때 한 번에 그친 것이 아니라 지금까지 평생을 살면서 나약한 한 개인으로서 감당하기 힘든 어려움에 처하거나 모든 것을 포기하고 싶은 순간마다 나를 일으켜 세우는 힘이 되었습니다.

어떤 어려움에 처하더라도 나는 크게 걱정하지 않습니다. 개인은 약하지만 믿음은 강합니다. 어머니로부터 이어져 내려온 나의 신앙은 유전자처럼 내 안에 심어져 있습니다.

얼마 전 한국의 새 대통령인 문재인 대통령이 미국을 방문해서 첫 번째 공식일정으로 장진호 전투기념비 제막식에 다녀갔습니다. 그 치열했던 전투가 벌어지기 전 나는 장진호에서 40킬로 떨어진 함흥에 살았습니다. 그곳에서는 수천 명의 반공인사들이 하룻밤 사이에 산 채로 생매장 되었습니다.

그 살육의 현장이었던 반룡산에서 나는 살아남았습니다. 함흥의 피비린내 진동하는 성당 지하 감방에서도 모진 고문과 총살, 방화를 피해 혼자 살아남았습니다. 동상에 걸려 발을 잘라내는 일이 비일비재했던 태백산맥의 깊은 산중에서 수차례 포로로 잡히기도 하고 총상으로 다리를 펼 수 없는 상황에서도 결국 나는 살아남았습니다.

전후 세대들에게 전쟁의 비참함과 공포는 그저 먼 옛날이야기로 들리겠지만, 나는 이 책에서 그런 이야기를 하려고 합니다. 전쟁의 고통을 이야기하려는 것이 아니라 그 끝을 알 수 없는 암담함과 절망 끝에서 본 희망을 이야기하려는 것입니다.

하늘은 스스로 포기하지 않는 자에게는 꼭 한 번의 기회를 주십니다. 반대로 스스로 포기한 사람은 주어진 기회도 알아채지 못하고 절망의 어둠 속에서 눈마저 감아버리고 맙니다. 현실을 외면하고 마는 것이지요. 외면하고 피한다고 극복되는 일은 없습니다.

함흥에서 묵호로 가는 배를 타고 나는 별을 보았습니다. 잔잔한 바다, 고요한 밤하늘…. 죽음의 목전까지 갔다가 되돌아나와 처음으로 맞게 되는 평온함 속에서 별은 이제까지 본 별들과는 전혀 다른 새로운 느낌으로 다가왔습니다.

지금도 가끔 그 푸른 바다 가슴에 담기에 시린 별빛을 떠올려 봅니다. 그리고 처음으로 고백합니다. 그때나 지금이나 한결같이 한없이 부족한 나의 신앙심이지만 그날 그 평온한 배 위에서 나는 하나님을 만났던 것입니다. 하나님은 내게 닥친 시련에서 나를 구원하신 것만이 아니라 시련을 극복한 내게 새로운 용기와 희망을 주셨습니다.

나는 상이용사로 제대하고 피란시절 한 푼 가진 것 없는 상황에서도 서울대학교에 진학하고, 미국으로 유학도 왔습니다. 가진 것 없이 사업을 시작하고 지금의 아내도 만났습니다. 우연인 것처럼 여겨지는 지난날의 순간들마다 지금 돌아보면 하나도 우연으로 이루어진 것은 없습니다.

3

세상에 수많은 사람들 가운데 저는 이렇게 살아서 세상 사람들에게 증거하도록 쓰임을 받았을 것입니다. 생각해 보면 그 자체가 감동스러운 일이요, 환희로운 일입니다. 어느 날 문득 되돌아본 나의 삶이 감동스럽고 환희로운 일이 되게 하기 위해서는 아집과 욕심과 자만으로 가득찬 나의 마음속을 깨끗이 비워내고 그 안에 본래 있는 그대로의 섭리를 받아들이면 됩니다.

깨끗이 마음 비운 상태에서 만나는 우주 삼라만상은 모두 하나님입니다. 나의 하나님은 그 평온한 바다 위에서 본 별빛이었습니다. 죽음의 문턱까지 갔다 돌아온 나에게 더 이상 두려울 것은 없었습니다. 일체의 두려움 없는 용기와 그 안에서 갖는 희망은 하나님이 내게 주신 선물입니다.

이 책을 쓰면서 독자 여러분에게 꼭 전해 주고 싶은 이야기가 있습니다. 이 책에 담긴 이야기가 아주 특별한 한 사람에게만 해당되는 이야기가 아니라 세상 모든 사람들에게 공평하게 주어졌음을 의심치 않기를 바랍니다. 순간순간 내게 왔을지 모를 기회를 놓치지 마십시오. 하나님은 항상 견딜 수 있는 고통을 주십니다. 그 속에서 헤쳐 나올 지혜도 이미 우리에게 주셨습니다.

전쟁도 갈등의 하나입니다. 내가 전쟁이라는 갈등을 지혜롭고 용기 있게 헤쳐 나온 것처럼 나와 남의 갈등의 연속인 이 사회에서 이미 갖춰진 지혜와 용기, 그리고 우리를 사랑하시는 하나님에 대한 투철한 믿음으로 희망찬 내일을 일궈나가시길 바랍니다.

80여 년을 살았어도 여전히 부족하지만 부족한 가운데서도 주변과 이웃에게 꼭 당부드릴 말씀이 바로 이것입니다.

감사합니다.

2017년 9월

앨라배마 그린빌에서

저자 김 죽 봉

서울대 문리대학 졸업식

숭문고등학교 불국사 답사여행

서울대 문리대학
졸업식

LA 한인연합감리교회에서
결혼식 1963

유학을 떠나기 전,
여의도 비행장에서
아버지, 어머니, 형과 함께

리들리 한인장로교회 신도들과 함께

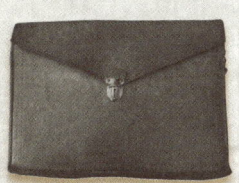

필자가 1971년부터 46년 동안 쓰고 있는 서류가방

목재 수출에도
진출

재미교포 경제사절단 방한. 당시 현대 정주영 회장의 모습이 보인다.

LA연합감리교 제1회 장로장접식

1984년 LA올림픽. 전두환 대통령 부부 LA 방문 당시

한인회장 취임식
1984.3.22

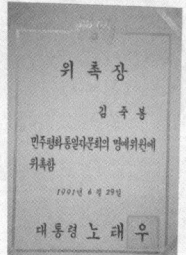

위촉장과 감사패 그리고 훈장

작업장과 큐브

필자의 업무실

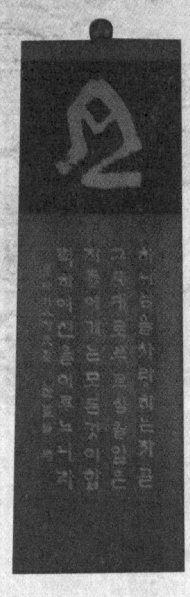

아내 장영수 씨는
신구약 성경 전체를
두 차례에 걸쳐 사경한
독실한 신도다.

1남 2녀의 가족과 손주들

LA연합감리교회

차례

꿈속의 내 고향
이평

집으로 돌아오는 길에 나는 자꾸 눈에 빠졌다.

설피가 없으니 발이 눈밭에 푹푹 빠지는 것이 꼭 모루 같다는 생각을 했다.

어쩌다 학교 운동장에 왔을까, 눈 속에 빠져 꼼짝달싹할 수 없이 죽게 될 줄은 몰랐겠지,

아무것도 모르고 식구들은 기다리고 있을텐데….

1-1 개마고원 위의 한 마을

흔히들 개마고원을 한국의 지붕이라고 한다. 평균 고도가 1,300미터 되는 고원이 아주 넓게 펼쳐져 있는 곳이다. 낭림 산맥, 함경산맥을 따라 2,000미터가 넘는 산들이 즐비하지만 다 같이 높아서 산 하나하나가 그저 그런 산으로 보일 정도니 한국의 지붕이라 이를 만도 하다. 내 고향 이평은 바로 그곳 개마고원에 있는 작은 마을이다. 나는 그곳에서 초등학교를 졸업할 때까지 살았다. 참 아름다운 시절이요, 지금이라도 손에 잡힐 듯 눈에 선한 곳이다.

이평은 사방이 산으로 둘러싸여 있다. 동네에 서서 사방 어디를 둘러봐도 산이 없는 곳이 없었다. 그래서 하늘도 넓지 않았다. 산이 그어놓은 공제선 위로만 빼꼼하게 보이는 하늘, 그게 다였다. 이렇게 꽁꽁 닫힌 동네에서 세상으로 나가는 길은 한 줄기 신작로뿐이었다. 신작로를 따라 남쪽으로 가면 두룡령 넘어 강계로 나가는 길이고, 또 북쪽으로는 80리 되는 지점에 군 소재지인 자성이 있었다.

신작로는 마을 한가운데를 가르며 길게 나 있었다. 그 길을 따라 양 옆으로 집들이 들어서서 마을을 이루었고, 그 긴 끝에 마을과 조금 떨어진 자리에 학교가 있었다. 이평국민학교. 우리 마을에 단 하나 있는 학교였다.

이평의 겨울은 춥고 길었다. 10월이면 벌써 눈이 내리기 시작하고, 5월까지도 군데군데 잔설이 남아있었다. 한겨울에는 영하 40도를 넘나드는 추위가 이어졌고, 어쩌다 반짝 영하 10도쯤으로 기온이 오르기라도 하면 어머니는 식구들 옷을 벗겨 빨았다.

"어서 벗어라. 빨래하라고 푹한 날을 주셨구나. 고마우신 우리 주 하나님."

봄은 그야말로 노루꼬리만큼이나 짧았다. 낮에 녹았던 눈이 밤에 다시 얼고, 낮이 되면 또 다시 녹는 통에 길바닥은 무척이나 질퍽거렸다. 몇 발짝 걷기도 전에 신발은 흙투성이가 되어 무거워지고, 그나마 내딛은 발은 진창에 박혀 떨어지지 않는 바람에 끙끙거리던 기억이 난다. 요즘같이 장화라도 한 켤레 있었으면 좋았겠다는 생각이 저절로 나는 곳이다.

여름은 25도를 갓 넘는 날씨였다. 그래도 여름은 여름이어서 강에 나가서 수영도 하고, 강 언덕에 올라가서 압록강 지류를 지나는 뗏목을 구경하기도 했다. 이평은 강이 얼음으로 얼어버리는 계절을 빼고 거의 매일 뗏목이 지나갔다. 강 상류에서 수십 미터에 달하는 목재를 여섯 혹은 일곱 개씩 묶은 뗏목을 만들어 이평을 지나서 압록강과 합류한다.

뗏목이 출발하는 상류에서 80리를 흘러 내려와서 자성군에서 압록강과 합류하고 이후 신의주까지 가는 물길은 험하고 고달픈 길이었다. 특히 상류에서 압록강과 합류하기 전까지 지류를 지날 때는 강폭이 좁고 물살이 거세어서 종종 사고가 일어나기도 했다. 뗏목이 물굽이를 돌다가 바위에 부딪혀서 엮어놓은 원목이 풀어 헤쳐지고 그 위에서 기다란 삿대 하나로 운전하던 목도꾼들은 물살에 쓸려가기도 했다.

이평은 뗏목으로 묶여 내려온 목재를 수집하는 중간 집하지였다. 그래서 이들 목도꾼은 이평에서 쉬었다 가는 경우도 많아서 이들을 상대로 한 밥집 몇몇 곳이 있었는데 밥도 밥이지만 냉면이 유명했던 곳이다.

무더웠던 여름, 이평에 관한 기억은 온 동네를 뒤덮는 환상적인 반딧불 빛으로 남는다. 수천, 수만 마리의 반딧불이 밤하늘을 뒤덮는 장관은 그 뒤로 본 적이 없다. 가을이 되면 손을 뻗치면 닿을 듯이 가까이 다가온 가을 하늘이 눈이 시리도록 파랗게 물들었다. 밤이면 수많은 별들이 다시 머리 위에서 총총 떠 있고, 넓디넓은 은하수가 이 산에서 저 산 너머로 펼쳐지면서 장관을 이룬다.

1-2 압록강을 건너온 중국인 친구

이평에서 80리만 북쪽으로 가면 압록강이었다. 압록강만 건너면 바로 중국 땅이다. 강을 사이로 두 나라가 서로 마주 보고 있는 셈이었다. 옛날에는 사람들의 왕래가 지금보다 훨씬 수월한 편이었다. 지금처럼 국경이라고 군인들이 지키고 서 있지도 않았다. 중국 땅이나 우리 땅이나 국경 근처 마을에서는 으레 두 나라 사람이 섞여 살았다. 우리 마을에도 중국에서 건너온 집이 두 집 있었다. 여름에 배추 농사를 지을 때면 중국 사람들은 배추와 부추, 무 등을 재배했다. 이때 부모님을 따라 온 중국 아이들은 우리와 함께 학교를 다녔다.

학교에 다니는 중국 아이들은 어울려 놀고 공부하는 데 큰 문제가 없을 만큼 한국말도 잘했다. 그 친구들은 점심으로 옥수수 빵을 싸오곤 했는데 그때 빵이라는 것을 먹어본 적이 없던 나는 그 친구들이 가져온 빵을 얻어먹기도 했다. 신기하고 맛도 좋았던 기억이다. 반대로 중국 아이들은 우리가 싸오는 도시락을 좋아했다. 사실 중국 아이들이나 우리나 가난하기는 마찬가지여서 도시락에 별스런 반찬이 있는 것도 아니었다. 그런데 그 빵 한 쪽, 밥 한 술을 신기해하며 서로 바꿔 먹었던 것이다.

배추에 알이 들어 요강단지만 하게 커지면 서서히 가을이

오고 있다는 신호였다. 그때쯤 산에는 머루도 익고 다래도 익었다. 아직 어린 나이지만 그때는 겁도 없이 깊은 산을 돌아다녔다. 한창 배고플 나이여서 그런지 산에 가면 맛있게 익은 머루나 다래를 따먹었던 기억이 있다.

나무에 달린 돌배는 아직 푸른빛이 돌았다. 우리가 나무를 작대기로 치거나 흔들면 작은 계란만한 돌배가 우수수 떨어졌다. 그러면 가지고 간 자루에 한 알 한 알 주워 담았다. 그렇게 몇 나무를 털면 다들 한 자루씩 돌배를 들고 돌아올 수 있었다.

"이제 그만 가자!"
"빨랑 내려가자!"

우리는 어둡기 전에 서둘러 산을 내려왔다.

"돌배가 참 좋구나!"

어머니는 돌배를 항아리에 담았다. 겨를 한 켜 넣고 그 위에 배를 넣고, 다시 겨를 한 켜 넣고 또 돌배를 놓았다. 이렇게 채곡채곡 담아두고 돌배가 익기를 기다렸다. 그렇게 얼마쯤 지나면 돌배 항아리에서 단내가 먼저 풍겼다. 항아리 근처에만 가도 향긋한 돌배 냄새가 솔솔 풍겨 나왔다.

"어머니, 이제 먹을 때가 안 되었나요?"
"조금 더 기다려라. 아직 푸른 기가 덜 빠졌어."

항아리 가에서 침을 꼴딱꼴딱 삼키며 기다렸다. 그렇게 한 달쯤이나 지나면 마침내 돌배가 다 익었다. 노랗게 익은 돌배를 한 입 베어 물면 달디 단 과즙이 입 안 가득 찼다. 그때도 그랬지만 지금도 세상에서 제일 맛있는 과일은 우리 고향 돌배라고 생각한다.

1-3 어덕서니

나와 우리 형은 각각 초등학교 2학년과 4학년이 될 때까지 강계에 있는 외할아버지 댁에서 살았었다. 이 무렵 아버지께서 장사하시던 장소를 이평으로 옮기면서 우리 형제도 강계에서 이평으로 전학을 간 것이다. 이때 우리 형제는 데려다 주는 어른 한 분도 없이 둘이서 버스를 타고 내려서 걸으면서 찾아갔다.

강계에서 이평까지는 후창이란 곳으로 향하는 버스를 타고 출발해서 오가산이란 곳에서 내려 서북쪽으로 50리를 더 걸어가야 하는 먼 거리였다. 아침 8시에 강계에서 버스를 타고 오가산에 내렸을 때는 이미 땅거미가 길게 드리워지기 시작한 오후 5시경이었다. 여름이라 해가 길었지만 우리는 서둘러 이평 쪽 간선도로로 들어서 걷기 시작했다.

3시간쯤 지났을까 해는 벌써 서산 너머로 넘어가고 주변은 칠흑 같은 어둠이 깔렸다. 형과 나는 아무것도 보이지 않는 길을 뛰다시피 걸었다. 이때 멀리서 희미한 불빛 하나가 보였다. 순간 나는 어른들에게 들었던 어덕서니라는 귀신 이야기가 떠올랐다. 어덕서니는 처음 보는 순간엔 작은 점에 불과하지만 점점 다가오면서 커다란 원이 된다고 했다. 사람을 그 원으로 빨아들여서 잡아먹는다고 했다.

생각을 떠올리니 지금 눈앞에 보이는 불빛이 정말 점점 커지는 기분이 들었다. 또 가까이 다가가면 갈수록 수레바퀴가 삐걱거리는 기분 나쁜 소리까지 들렸다. 자연히 형과 나는 손을 꼭 맞잡았다. 집으로 가는 길은 이 길뿐이고 돌아갈 길도 없었다. 잔뜩 졸인 가슴으로 우리는 한발 한발 다가섰다.

이윽고 다가가서 마주치고 보니 한 농부가 졸면서 소달구지를 타고 가는 중이었다. 그러니 인기척은 전혀 없고 소달구지 굴러가는 소리만 삐걱삐걱 났던 것이었다. 가슴을 쓸어내렸지만 한번 떠오른 어덕서니에 대한 상상은 쉽사리 머릿속에서 떠나지 않았다. 우리는 허겁지겁 뛰다시피 걷기 시작해서 이평에 도착했을 때 10시는 족히 되어 있었던 것 같다.

시내 중심으로 난 길에 들어섰는데 불을 켠 집이 한 집도 없었다. 캄캄하게 불 꺼진 거리에서 한번도 가보지 못한 우리 집을 찾아가야 했다. 아마도 우리를 기다리시느라 아버지 어머니가 호롱불을 켜두었을 것이라고 짐작하며, 불이 켜진 집을 찾기 시작했다. 시가지 중간쯤 지날 때 왼쪽 한 집이 환하게 불이 켜져 있었다. 형과 나는 서로 질세라 달리기 시작했다.

앞마당에 들어서니 발소리를 들었는지 방문이 열리더니 어머니가 나오셨다. 어린 마음에 나는 어찌나 반갑던지 어머니 품에 달려들어 하염없이 흐느끼기 시작했다. 그날 우리는 그렇게 집을 찾아갔다.

1-4 노루사냥

이평에 살 때였다. 간밤에 눈이 무릎을 덮을 정도로 내렸다. 이평 시가지에서 등교하는 우리는 상관없었지만 멀리 오지에서 등교하는 아이들은 이렇게 눈이 많이 내리면 등교를 못하는 경우가 많았다. 이날도 각 학급마다 10여 명의 아이들이 등교를 못했다.

눈은 그칠 기미가 안 보였다. 오전 수업 시간에도 눈은 계속 내려서 아이들의 시선은 자연스레 자꾸 창밖으로 돌아갔다. 운동장은 물론이고 세상이 온통 하얀 벌판이 되었기 때문이었다. 이때였다. 한 아이가 급히 소리쳤다.

"노루다!"

하얀 운동장에 정말 노루가 있었다. 산중에 눈이 덮여서 먹을 것을 찾지 못하자 여기 학교 운동장까지 왔던 모양이었다. 노루는 눈 속에서 허부적거리고 있었다. 힘껏 뛰어도 발이 빠져서 도로 그 자리였다. 우리는 누가 먼저랄 것도 없이 난로 옆에 땔감으로 쌓아놓은 장작개비를 하나씩 들고 운동장으로 뛰어나갔다.

이평에 살던 아이들은 대부분 겨울에 설피를 신고 다녔다. 노루가 허우적거리던 운동장을 설피를 신은 아이들은 눈에 빠지지 않고 뛰어가 노루 가까이 다가설 수 있었다. 노루는 다가오는 아이들을 보고 머리를 치켜들고 컹컹 울었다. 천지가 온통 하얀 눈 세상인데 노루가 혼자 컹컹 울었다. 우르르 쏟아져 나간 아이들은 장작개비를 후려쳐서 노루를 잡았다. 새빨간 피가 눈에 번졌다.

　집으로 돌아오는 길에 나는 자꾸 눈에 빠졌다. 설피가 없으니 발이 눈밭에 푹푹 빠지는 것이 꼭 노루 같다는 생각을 했다. 어쩌다 학교 운동장에 왔을까, 눈 속에 빠져 꼼짝달싹할 수 없이 죽게 될 줄은 몰랐겠지, 아무것도 모르고 식구들은 기다리고 있을 텐데…. 그날 나는 한 20분이면 갈 길을 그렇게 한 시간도 넘게 걸려 돌아왔다.

어머니
나의 어머니

비누보다 부드럽고 향긋한 냄새가 났다.

외갓집에서 살 때 스치듯 만나 이내 들어왔던 엄마의 향기였다.

나도 모르게 깊이 숨을 들이쉬었다.

그리고 가만히 팔을 둘러 어머니를 안았다.

2-1 아버지의 잡화점

"트럭이다."
"죽봉이네 드럭 온다."

트럭이 들어오는 날은 난리였다. 큰 아이들은 트럭 뒤꽁무니에 매달렸고, 작은 아이들은 트럭을 따라 달렸다. 2-3개월에 한 차례나 볼까 말까한 자동차가 나타난다는 건 이 시골에서는 대단한 일이었다. 아이들은 자동차 꽁무니를 따라다니며 배기통에서 뿜어내는 매연 냄새를 킁킁거리며 좋아라 했다.

"야, 야, 야. 너희들 그러다 다친다. 썩 비켜라."

조수는 차창을 내리고 소리를 질렀다. 하지만 트럭이 타달타달 속도를 줄이면 더 많은 아이들이 차에 달라붙어 신작로는 부연 흙먼지가 일었다. 겨울철 눈에 막혀 차가 못 다닐 때를 빼고, 아버지는 늘 이렇게 한두 대 트럭을 임대해서 상품들을 운반했다.

아버지는 함흥에서 물건을 들여오고, 나가는 길에는 이평에서 나는 물품을 함흥으로 내다 파는 장사꾼이었다. 아버지는 일찍이 장사에 눈이 밝은 사람이었다. 우리 동네 신작로가에 잡화점을 내고 물건을 팔았다. 우리 집은 이평에서 유일한 여러 가지 잡화를 파는 가게였다.

아버지가 함흥에서 들여오는 물건은 종류도 다양했다. 석유, 카바이드, 술, 동태 등이 주요 품목이었지만 다른 물품도 없는 것이 없었다. 날이 더울 때도 고등어를 얼음에 재워 한차 가득 실어오기도 했는데 함흥에서 개마고원을 넘어 꼬박 하룻길을 달려왔지만 그때까지도 고등어는 싱싱했다. 등잔을 밝히는 석유나 카바이드도 늘 잘 팔리는 물건이었다.

또, 소주도 들여와 팔았는데 병에 담긴 게 아니라 큰 통에 든 걸 사와서 팔 때는 한 되 두 되 달라는 대로 퍼서 팔았다.

그런데 사실 아버지는 배운 것 없고 가진 것 없이 어른이 되어 버린 사람이었다. 떠꺼머리 총각 시절 아버지는 등짐을 지고 이 마을 저 마을 물건을 팔러 다녔다. 그러다가 여관을 운영하는 외할아버지의 눈에 띄어서 외갓집에서는 성실하고 믿음직스럽다며 덥석 사위를 삼았다. 외가는 강계에 있었다. 나는 외갓집에서 유치원과 국민학교 2학년 때까지 살았다.

그때는 아버지나 어머니가 어쩌다 들르면 만났을 뿐 외조부모와 함께 살았다. 외할머니는 정이 많은 분이었다. 늘 우리 죽봉이, 죽봉이 하며 끔찍하게 위해 주었다. 외갓집은 먹고 살만한 집이어서 어려서 나는 먹을 거 그립지 않게 잘 살았다.

그런데 어쩌다가 다시 이평으로 가게 되었는지는 잘 기억이 나지 않는다. 이평에는 새어머니가 있었다. 아버지가 장사를 다니니 집에 없을 때가 많았는데 집에 새어머니와 함께인 적이 많았지만 새어머니는 아버지가 있든 없든 우리에게 잘 대해 주었다. 나도 그냥 어머니라 부르며 따랐다.

그런데 어느 날 밤이었다. 잠결에 두런두런 말소리가 들려서 엿들었는데 아버지와 새어머니가 술잔을 들면서 이야기를 나누고 있었다.

"여보, 이제 더는 못 살겠어요."
"무슨 소리야?"
"이렇게 사느니 고만 살겠어요."
"여태 잘 살았잖아."
"아니, 나는 떠나버릴 테야. 갈 거라구."
"잠잠하더니 또 왜 그러는 거야?"
"다 싫어! 다 싫다구! 진짜로 가버릴 거야."

나는 잠든 척 누워 있었다. 아버지의 술 취한 목소리가 이어졌다.

"그래, 갈 테면 가."
"흥, 누가 못 갈 줄 알고!"

"집구석이라고 들어오면 반겨 주기는커녕 이 모양이니, 에이 참."

"내가 이 집구석 강아지야 뭐야? 애보기로 데려다 놨어? 나는 뭔데? 저 아이들도 철들면 자기 어머니를 찾지 나를 친에미처럼 생각하지도 않을 것인데…."

아버지의 성난 목소리에 새어머니도 질세라 넋두리를 쏟아냈다.

"아이구 내 팔자야. 무슨 죄를 지었다구 꽃다운 이팔청년 이리 사누. 산골에 처박혀 내 새끼 하나 없이 살다 죽으면 누가 나를 슬프다 울어나 줄까. 아이고. 내가 아무리 정성 다해서 쟤들을 키워줘도 크면 다 자기 어머니를 찾을텐데…."

끄윽끄윽 목젖을 넘기는 울음소리가 들렸다. 나는 가슴이 콩닥콩닥 뛰어서 슬그머니 돌아 누우며 머리까지 이불을 뒤집어썼다. 얼었다 녹았다 질척질척해진 길을 걸어가는 기분이었다. 봄 내내 쑥 빠지고 쭉 미끄러지는 길을 걷는 일은 고역이었다. '겨울이 심술을 부리는 걸거야. 봄이 오는 걸 샘내서 그러는 거지.' 귀를 막고 애써 딴 생각을 팔다가 다시 스르륵 잠이 들었다.

다음 날 일어나보니 아버지는 트럭과 함께 벌써 떠나버렸다. 새어머니는 별 내색 없이 밥을 차려주었고, 나는 학교에 갔다. 질척질척한 길을 걸으며 간밤에 꿈을 꾸었나보다 생각했다.

　며칠 뒤 학교에서 돌아오니 새어머니가 집에 없었다. 온다 간다 아무 말도 없이 그렇게 새어머니는 떠나갔다. 궁금했지만 나는 아버지에게 물어보지 않았다. 어쩌다 만나는 아버지가 어렵기도 했고 그날 밤 몰래 들은 이야기가 탄로가 날까 두렵기도 했다. 아버지는 한동안 장사를 나가지 않고 집을 지켰다. 우리들 끼니를 챙기며 묵묵히 잡화점에서 물건을 팔았다. 그렇게 며칠을 보내다 어느 날 저녁밥을 먹을 때였다.

　"내일 느이들 엄마가 올 거다."

　밑도 끝도 없는 선언 끝에 당부를 이었다.

　"어머니 말씀 잘 들어라."

　어느 어머니 말씀을 잘 들으라는 건지, 그동안에도 어머니 말씀은 살 들었는데 하는 생각을 하며 나는 우물쭈물 대답했다.

"네…."
"아버지는 내일부터 장사 나간다."

카바이드 불빛에 비치는 아버지 얼굴을 보았다. 화난 것도
아니고 기쁜 것도 아닌, 그저 덤덤한 표정이었다.

2-2 전도사 어머니

몇 년 만에 만난 어머니는 여전했다. 치마저고리를 말끔하게 차려입고 쪽진 머리 그대로였다. 어머니는 작지만 단단한 체구였다.

"그새 많이 컸구나."

어머니가 나를 품어 안았다.

"내 새끼."

비누보다 부드럽고 향긋한 냄새가 났다. 외갓집에서 살 때 스치듯 만나 이내 흩어졌던 엄마의 향기였다. 나도 모르게 깊이 숨을 들이마셨다. 그리고 가만히 팔을 둘러 어머니를 안았다.

어머니는 돌아오던 날부터 척척 일을 했다. 학교만 갔다 오면 나는 어머니를 졸졸 따라다니기 바빴다. 어머니가 잡화점을 볼 때는 나도 잡화점에 붙어 앉았고, 손님이 석유를 달라고 하면 내가 먼저 석유를 따라준다고 덤비고, 성냥을 달라면 진열대로 냉큼 달려갔다. 어머니가 일보러 밖에 나갈 때도 강아지처럼 앞장서 따라나섰다. 심부름은 말할 것도 없고 시키지 않은 일까지 먼저 나서 도왔다.

"우리 죽봉이가 착하구나."

어머니에게 칭찬을 들을 때면 문득 미안해지기도 했다. 어머니가 아닌 다른 사람을 어머니라고 불렀던 게 미안했다. 한참 어린 마음에도 그런 생각이 들었다.

그렇게 어머니가 돌아오고 난 뒤 가장 큰 변화는 교회에 다니게 된 일이었다. 일요일은 당연히 교회에 나갔다. 시시때때로 기도하는 습관도 새로 들었다. 어머니는 평생을 기독교 신자로 살았다. 그래서 나는 태어나기도 전부터 신자였다. 모태신앙인이었다. 어머니와 헤어져 살면서 잠시 잃었던 신앙을 그때 다시 찾았다.

평안도를 비롯한 북쪽에는 서양 선교사가 많이 들어와 있었다. 중국과 가까운 지리적 요건과 유교적 저항이 비교적 덜한 특성이 맞아떨어진 까닭이었다. 선교사들은 적극적으로 복음을 펼쳤다. 기독교 학교를 세우고 집집마다 돌아다니며 전도를 했다. 우리 동네에도 기독교를 믿는 사람이 점점 많아졌다.

어머니는 평양에 있는 신학교를 다녔다. 독실한 기독교인이어서 항상 사람들을 보면 전도하려고 했다. 어머니는 어떤 모진 고난이 올지라도 기독교인의 사명을 다할 사람이었다. 하지만 아직은 젊은 나이에 외할아버지께서 덜컥 결혼을 시켰다. 그런데 아이 둘을 낳고도 어머니의 꿈은 사라지지 않았다.

집안일보다는 항상 신앙생활이 우선이었다. 급기야 서양 전도사들과 함께 멀리 만주 땅으로 전도여행을 떠나버렸다고 했다. 어머니는 성경책 속의 사도 바울을 닮고 싶었는지도 몰랐다. 어머니가 전도하러 간 동안 나와 형은 외갓집에서 혹은 새어머니 밑에서 자랐던 것이다.

어머니는 집으로 돌아와서도 열심이었다. 형과 나를 데리고 주일마다 꼬박꼬박 교회에 나갔다. 등잔 밑에 떨고 있는 어린양을 찾아낸 셈이었다. 어머니를 따라 교회에 다니는 건 재밌는 일이었다. 교회 사람들은 친절하고 말투도 정겨웠다. 학교에서는 못 쓰던 우리말을 성경을 읽을 때나 찬송가를 부를 때는 마음껏 쓸 수 있었다. 그래서 나는 교회 가면 그냥 편안하고 따뜻했다.

"빠가야로!"

꼼싹 못하고 절절매던 선생이 교장 선생의 궁뎅이를 발로 걷어찼다. 조회 때마다 군복 입고 칼 차고 나오던 일본군 고조 교장은 아무 저항도 못하고 나가떨어졌다. 신사가 불타는 걸 보고 통곡을 하던 교장은 바로 그 다음 날 사라져 버렸다. 마침내 해방이 되었다. 마을 면장도 사라지고 사람들은 거리에 나와 공연히 들썩들썩했다.

때를 맞춰 마을에서는 웅변대회가 열린다고 했다. 그동안 억눌려 있던 말을 쏟아낼 기회가 온 것이었다. 소년 청년 장년을 가리지 않고 누구나 참여할 수 있고, 내용도 자유라고 했다.

"믿음이 있으면 하나님은 다 이루어 주신단다."

어머니는 하나님의 은총을 나라를 찾은 것이라고 했다. 하나님은 믿고 따르는 백성을 절대로 버리지 않으신다고 하셨다.

"죽봉아, 너도 웅변대회에 나가보아라."
"제가요?"
"이참에 만천하에 하나님 말씀을 전해 보자."
"한 번도 안 해 봤는데요."
"걱정 마라. 하나님이 널 도와주실 거다."

그래서 나는 성경 속 요나 이야기를 가지고 웅변대회에 나갔다. 구약에 나오는 요나 이야기는 신비롭고도 두려웠다.

하나님이 요나에게 말씀하셨습니다.

"일어나 저 큰 성 니느웨 성으로 가서 외쳐라. 그들의 죄악이 나에게까지 치솟아 올랐다."

니느웨는 아시리아의 수도입니다. 때때로 한 번씩 이스라엘에 쳐들어와 괴롭히던 족속이 살고 있었지요. 요나는 니느웨 성과 반대 방향에 있는 다시스로 달아납니다. 다시스로 가는 배를 올라탔지요. 하지만 얼마 못 가서 풍랑을 만납니다. 배가 뒤집힐 듯 부서질 듯 거센 파도가 쳤습니다. 뱃사람들은 겁에 질려 저마다 자기 신에게 기도했습니다. 짐을 던지고 살려달라고 기도했지만 파도는 가라앉지 않았습니다. 그때 요나는 배 밑바닥에서 잠을 자고 있었습니다.

"여보시오. 당신은 어찌 그리 깊이 잠들 수 있단 말이오?"

그 사람은 요나에게 어서 일어나 기도하라고 했지요. 배가 뒤집어질랑 말랑 하자 사람들은 제비뽑기를 했습니다. 누구 때문에 이런 재앙이 닥쳤는지 알아보기 위해서였지요. 요나가 뽑혔습니다.

"당신은 누구요? 어찌하여 이런 재앙이 닥친 거요?"
"나는 히브리 사람 요나요. 바다와 물을 만든 하나님을 경외하는 사람이오."

요나는 자초지종을 이야기했습니다. 그가 하나님의 말씀을 어기고 달아나고 있다는 사실을 알게 되었지요. 바다는 점점 더 거칠어졌습니다. 뱃사람들은 두려움에 떨었습니다.

"우리가 어떻게 하면 되겠소?"
"나를 집어 바다에 던지시오."

사람들은 뭍으로 돌아가려고 노를 저었으나 소용없는 짓이었습니다. 그들은 하는 수 없이 요나를 바다에 던졌습니다. 그제서야 바다는 잔잔하게 가라앉았습니다.

하나님은 큰 물고기에게 요나를 삼키라 했습니다. 요나는 사흘 낮과 사흘 밤을 물고기 뱃속에서 살았습니다.

"제가 곤궁 속에서 주님을 불렀더니 주님께서 저에게 응답해 주셨습니다. 제가 부르짖었더니 저에게 주님께서 제 소리를 들어주셨습니다. 큰물이 나를 에워싸고 파도와 물결이 제 위를 지나갑니다. 당신의 눈앞에서 쫓겨난 제가 이제 어찌 당신의 거룩한 성전을 다시 바라 볼 수 있겠습니까? 물이 목까지 차오르고 바다풀이 제 머리를 휘감았습니다. 저는 산의 뿌리까지 내려가고 땅은 빗장을 내려 영원히 저를 가두려 했습니다. 그러나 주 하나님. 당신께서는 구렁에서 제 생명을 건져 올리셨습니다. 저의 기도가 당신의 성전에 다다랐습니다. 저는 감사의 기도를 올립니다."

하나님은 요나를 육지에 뱉게 하셨습니다. 그리고 다시 요나에 게 니느웨로 가라고 하셨지요. 요나는 사흘 길을 하루만에 돌며 외쳤지요.

"이제 사십 일이 지나면 니느웨는 무너질 것이다."

그러자 니느웨 사람들은 하나님을 믿었습니다. 거친 옷을 입고 먹고 마시지도 않았습니다. 동물들도 따라 그리 했습니다. 하나님 의 마음을 돌리시도록, 그리하여 멸망에 이르지 않기를 기도했습니 다. 하나님은 그들에게 재앙을 내리지 않으셨습니다.
요나는 언짢아 투덜거렸습니다.

"하나님, 제발 저의 목숨을 거두어 주십시오. 이렇게 사느니 죽는 것이 낫겠습니다."

하나님은 박넝쿨 하나를 마련하시어 요나에게 그늘을 만들어 주었습니다. 그리고 요나가 화를 내는 건 옳지 않다고 말씀하십니 다. 고통에 빠져 잘못을 저질렀지만 회개하고 돌아오는 백성에게 는 용서하고 자비를 베푸는 하나님이었으니까요.

나는 물고기 뱃속에 들어가 하루나 이틀쯤 지내보는 것도 재밌을 것 같다고 말했다. 어머니는 그런 나를 한참 동안 바라보다가 말했다.

"그러니까 어떤 고난이 닥쳐도 회개하고 기도하면 하나님은 다 이루어 주신다."

어머니가 써준 원고로 손짓 발짓 몇 날 며칠 연습을 했다. 드디어 웅변대회 날 나는 목이 터져라 외치고 결과를 기다렸다.

"소년부 김죽봉은 동작도 좋고 아주 다 잘했습니다. 하지만 나이가 어리니까 '양!'"

심사위원의 말에 실망스러워 어머니 있는 곳을 봤다. 어머니는 활짝 웃으며 팔을 들어 박수를 쳐 주었다.

2-3 우리는 여기를 떠나야겠다

"죽봉아."

"어, 둘째이모다."

외갓집에 살 때 보고 처음이었다. 그런데 이모는 많이 달라보였다. 겉모습만 봐도 수척해진 얼굴에 **빼빼** 마른 것이 눈에 띄었다. 예전에 이모는 참 예뻤다. 강계미인이란 말이 있는데, 외할머니는 둘째이모가 그 말에 딱 맞는 사람이라고 했다. 이모에게 반한 남자들이 한둘이 아니었다. 이모는 그 중에서 근사한 남자랑 결혼했는데 이모부는 버스 운전수였다. 이모부는 제복을 갖춰 입고 모자 쓰고 하얀 장갑을 끼고 운전을 했다.

"죽봉이 많이 컸네."

목소리에 힘이 없었다.

"이모 혼자 왔어요?"

"응. 죽봉이 보고 싶어서 왔지."

이모는 많이 아프다고 했다. 결핵에 걸려서 요양차 온 것이었다. 결핵에 걸리면 영양가 높은 음식을 잘 먹어야 한다고 했다. 이모가 여기로 온 것은 그런 음식으로 추천받은 개구리를 먹기 위해서였다. 강에 얼음이 풀릴 이맘때쯤, 막 동면에서 깨어난 개구리를 잡아먹는 것이다.

강에 얼음이 풀리는 한밤중에는 방문이 덜컹거리고 우당탕탕 소리가 요란했다. 두껍게 언 얼음이 밀려서 바윗돌에 부딪히고 부서지는 소리였다. 심할 때는 그 소리에 밤새 잠을 설칠 정도였다.

얼음장 밑에서 겨울을 난 개구리는 입이 붙어 있었다. 아직 아무것도 먹지 않아서 속이 깨끗한 상태라고 했다. 그런 놈을 한 양동이 잡아오면 어머니는 양동이에 계란을 풀어 하룻밤 재워두었다. 그러면 개구리가 그걸 먹고 뱃속이 계란으로 꽉 차게 된다. 어머니는 그 개구리를 껍질을 벗기고 목과 손발을 자른 후 팬에 볶아 요리했다.

개구리한테는 미안한 일이지만 맛이 꽤 좋았다. 결핵을 앓는 환자가 보양식으로 먹을 만큼 영양도 좋았다. 이모 말고도 실제 개구리를 먹으러 우리 동네로 오는 결핵 환자를 종종 보았다. 환자들은 한 달쯤 방을 얻어놓고 살면서 개구리를 먹었다. 이모가 찾아오던 그해 봄, 나도 일주일 가까이 개구리를 잡으러 온통 강을 쏘다녔다.

동면을 마치고 나온 개구리는 무척이나 살이 통통하게 찌고 캐비이Cavia 같은 까만 알을 품고 있어서 폐병에 효험이 있

50

다고 했다.

해방이 되고 나니 세상이 점점 바뀌어 갔다. 봄 가을로 우리 집에 와서 문도 고쳐 주고 일도 봐주던 목수 아저씨가 어느 날 완장을 차고 나타났다. 이평면 면위원회 위원장이라고 했다.

"트럭 석 대를 모두 내 놓으시오."
"아니, 트럭 석 대를 어디에 내 놓으란 말인가?"
"우리 소비조합에서 공공의 목적으로 쓸 트럭이 필요하오."

아버지는 난감해 했다. 사실 그 트럭은 아버지 소유가 아니라 위탁 받아서 쓰던 것이었다. 목수 아저씨는 기어이 트집을 잡았다. 한여름에 고등어를 한 차를 실어왔을 때였다. 장날에 맞춰, 얼음에 재워온 고등어는 싱싱했다.

"이 고등어를 풀어 헤쳐 봐야겠소."

그 속에 아편을 숨겨왔다는 제보가 있다는 거였다. 몇 사람이 달려들어 고등어를 헤집기 시작했다. 여기저기 들쑤시고 동댕이치는 바람에 고등어는 다 상해비리고 말았다.

"이게 무슨 일이란 말인가!"
"세상이 어떻게 돌아가는지 모르겠다."

어머니와 아버지는 길게 한숨을 내쉬었다.

첫 선거가 다가올 때였다. 말로는 언론, 출판, 결사, 집회, 종교의 자유가 보장된다고 했지만 어머니는 교회 일 때문에 은근한 압력을 받고 있었다. 어머니한테 선거위원장을 맡으라 했을 때 어머니는 차마 거절할 수가 없었다. 선거위원장이 된 어머니는 밤새 선거운동을 하러 다녔다. 새벽 6시부터 노래 부르며 사람들을 깨우러 다니고, 투표율이 100퍼센트가 되도록 매일 독려하면서 다녔다.

나는 6학년 졸업을 앞두고 있었다. 그때 갑자기 소련 학제를 따라 초등교육을 5년으로 개편한다고 했다. 다만 나와 같이 6학년이었던 친구들은 중학교 2학년 과정으로 건너뛰어 들어갔다. 이평에는 초등학교밖에 없었기 때문에 나는 진학을 위해서 어디로든 떠나야 했다. 형은 2년 전 중학교에 입학하면서 혼자 살고 있었다. 나도 형처럼 유학을 떠날 것인지, 아니면 식구 모두가 떠날 것인지 아버지와 어머니가 고민하고 있었다. 몇 날 며칠 궁리하더니 이윽고 어머니가 말했다.

"아무래도 이제 우리는 여기를 떠야겠다."

나는 강계중학교 입학시험을 쳤다. 식구 모두가 강계로 이사갈 것을 결정한 뒤였다.

"죽봉아! 죽봉아!"

새벽에 잠을 자고 있는데 정명옥이 호들갑스럽게 가게 문을 두드렸다. 이평초등학교 동문인 명옥이가 강계여자중학교 시험 결과를 보러갔다가 내가 강계중학교에 합격한 것을 보고 와서 새벽 일찍이 나를 깨운 것이었다.

"죽봉아, 너 붙었다!"
"그래? 어떻게?"
"내가 지금 보고 오는 중이야."

정명옥은 마치 제 일인 듯 기뻐했다.

"너는 붙었냐?"
"나두 됐어. 강계여중."
"잘 됐네."

세상이 어수선해서 나에게는 실감나게 다가오지는 않았다. 가끔 긴장감이 돌 때도 있었지만 대개 학교에 갔다 오면 놀고 책을 보며 뒹굴었다. 중학교 입학을 며칠 앞두고 우리 집은 강계로 이사를 했다. 이평에서 80리 길을 걸어 나와 자성읍에서 버스를 타고 강계로 이주한 것이다.

공산정권이 만들어낸
소년밀정

공짜금 영수증에 손도장을 찍으라고도 했다.

빨간 손도장이 종이에 찍힌 것이 아니라 내 눈시울에 찍힌 것 같았다.

문을 열고 나오는데, 하염없이 눈물만 흘렀다.

등 뒤에서 나지막한 목소리가 한 마디 더 따라 나왔다.

3-1 학교를 지키는 아이들

강계는 큰 도시였다. 이평과는 비교가 안 되게 컸다. 쌀가게 뒤로 살림집이 붙어 있는 곳이 새로 살 우리 집이었다. 아버지는 여전히 함흥을 오가며 장사를 다녔다.

"옛다, 입학선물이다."

까만 가죽구두였다. 그때 가죽구두를 신고 학교에 오는 아이는 없었다. 그만큼 귀한 선물이었다. 꾸벅 인사를 하는데 아버지가 내 등을 툭 치며 말했다.

"이제 어린애가 아니니 놀지만 말고 공부도 열심히 해라."

아버지는 늘 어려웠다. 어쩌다 들른 집에서도 아버지가 집에 있으면 밖으로 나돌 때가 많았다. 아버지는 사람들과 어울려 마작을 하거나 술을 마시고 놀기를 좋아했다.

중학교 생활은 무척이나 바빴다. 공부가 끝나고도 집으로 돌아올 수가 없었다. 학교에 남아서 체육 활동, 음악 활동 등 과외 활동을 누구든지 다 해야 했고, 토요일 일요일에도 못 쉬었다. 아침부터 학교에 가면 하는 일 없이 빈둥빈둥 놀다오는 게 전부였지만 희교를 빠질 수는 없었다. 그러다가 급기야 밤에 학교를 지키러 나가야 한다고 했다.

"미국 놈이나 남조선 놈들이 와서 학교에 불을 지를지 모른다."

미국 놈이나 이남 놈이 와서 불을 지를지 모르니까 밤새 학교를 지키라고 했다. 열다섯 명이 한 조가 되어 학교를 지켰다. 눈 부릅뜨고 학교를 지키라고 했지만 시늉만 할 뿐 이야기하고 놀다보면 까무룩 잠이 먼저 찾아왔다. 히히덕거리며 노는 재미에 아이들은 오히려 재미있어 하기도 했다. 다행히 불이 난 적도 없었다.

그런데 나는 교회가 문제였다. 일요일까지 학교에 가느라 주일 예배를 드릴 수 없게 되니 큰일이었다. 고심 끝에 선생님을 찾아갔다.

"선생님, 저는 일요일에 교회에 가야합니다."
"교회를 가겠다고?"
"네."
"너는 급장이다."
"저는 모태신앙을 가진 사람입니다."
"급장을 그만둘래? 교회에 갈래?"
"급장을 그만두겠습니다."

나는 망설임 없이 대답했다. 선생님은 난감한 표정으로 한참 나를 바라봤다. 급장은 대단한 자리였다. 바로 소년단 단위원이 되는 자리였다. 해방 후 이북에서는 열일곱 살 아래 아이들을 모두 모아서 소년단을 조직하고, 빨간 수건을 목에 두르고 다니게 했다. 그 가운데 단위원은 학급의 급장이며 흰 바탕에 빨간줄 두 줄 반의 흉장을 달았다. 그뿐 아니었다. 길거리에서 단위원을 만나면 친구 사이라도 경례를 올려붙여야 했다.

　단위원은 연설을 하러 다니기도 했다. 2개년인민경제계획 달성을 위해 전체 인민이 노력하자는 내용의 연설이었다. 나는 원고도 직접 쓰고, 연설도 곧잘했다. 방학기간 2개월 동안 강계에서 신의주, 평양까지 이어지는 열차에 승차해서 연설하고 연설이 끝나면 함께 승차한 여학생 세 명이 노래도 부르면서 열차 칸마다 돌아다니며 연설했다.

　"너를 단위원에서 제명하지는 않겠다."

　일요일이 다시 평화로워졌다. 오전에 교회에 다녀오고, 오후에는 책을 읽었다. 그 무렵 나는 러시아 작가들의 작품을 많이 읽었다. 톨스토이도 좋고, 노스토예프스키, 체호프 등 닥치는 대로 읽었다. 푸시킨의 시는 늘 책상머리에 붙여놓기도 했다.

삶이 그대를 속일지라도
슬퍼하거나 노여워 마라
슬픔의 날 참고 견디면
기쁨의 날 오리너
마음은 미래에 살고
현재는 늘 슬픈 것
모든 것은 순간에 지나가고
지나간 것은 다시 그리워지나니

어느 일요일 저녁에 나는 교회로 예배를 갔다. 어머니와 함께 참석한 것이다. 예배를 보는데 옆으로 기둥 몇 개 건너편에 앉은 여학생이 힐끔힐끔 나를 쳐다봤다. 나는 힐끔거리는 시선을 느끼면서도 모른 척 예배에만 열중했다. 예배를 마치고 어머니는 집으로 돌아가시고 나는 동문리라는 마을로 갔다.

동네에 있는 어르신들 중에 글자를 못 읽는 분들을 위해 한글을 가르치는 일을 맡게 되었기 때문이다. 당시 북한에서는 문맹퇴치사업의 일환으로 중고등학생 가운데 선발된 학생을 각 동 단위로 배치해서 야학을 운영하고 있었다. 여러 학생들이 파견되었는데, 내가 맡게 된 곳이 바로 동문리였다.

교회를 마치고 동문리로 향하는 길은 벌써 어둠이 내려앉았다. 겨울이라 일찍 해가 떨어졌는데 한참을 걷다보니 교회에서 나를 힐끔거리며 바라봤던 학생이 걷고 있었다. 어두운 길을 둘이 걷다 누가 먼저랄 것도 없이 서로 얘기를 나누게 되었다. 나는 동문리로 한글을 가르치러 간다고 했고, 그 여학생은 자기 집이 바로 그 근처라고 했던 것으로 기억한다.

그때 그 여학생이 눈길에 미끄러지면서 넘어졌다. 미끄러지면서 내 다리를 걸어서 나도 함께 뒹굴면서 넘어졌다. 나는 얼른 일어나 손을 내밀어 일으켜 주었다. 처음으로 이성의 손을 만져보았다. 그 여학생은 어둠 속에서도 부끄러워 하면서 자기 이름이 '김소영'이라고 했다. 그러면서 오래전부터 나를 안다고도 했다. 이평초등학교 김혜숙이 자기와 같은 반이어서 내 이야기를 많이 들었다고 했다.

나는 혜숙이가 강계로 이사한 줄도 몰랐었는데, 나를 두고 여학생들끼리 이야기를 나누었다 생각하니 묘한 기분이 들었다. 짧은 만남은 아쉬움으로 남고 그 여학생, 김소영과 헤어졌다. 나는 동네로 가고 그녀는 자기 집으로 갔다. 그렇게 한글을 배우기 위해 모여 있는 어르신에게 가니 시간이 저녁 8시 30분이 넘었다.

나중에 알고 보니 김소영은 강계에서도 이름난 양갓집 딸이었다. 그녀의 어머니와 나의 어머니는 교회 일로 서로 잘 아는 사이기도 했다. 소영이는 늘 까만 구두에 눈이 부시게 하얀 양말을 단정하게 접어 신은 모습이 인상적인 아이였다. 학생복도 깔끔하게 갖춰 입고 인물도 예쁜 소녀였다. 그날 이후 나는 동문리를 갈 때마다 소영이와 함께 걸어갔다.

3-2 밀정이 되다

강계극장은 날이면 날마다 학생들로 미어졌다. 극장에서는 연극을 하고 있었다. 학생들은 의무적으로 그 연극을 봐야 했다. 그날도 우리는 단체로 가서 연극을 봤다. 선거를 앞두고 북한 전역이 들썩들썩할 때였는데 연극은 항상 정치적으로 새로운 내용을 담고 있었다.

남한 단독정부를 수립하려는 이승만 대통령에 대한 비판이나 이를 반대하고 일어난 남한 전역의 투쟁 그리고 그들을 향한 무자비한 탄압 등등이 주된 내용이었다. 그날도 연극은 '여순반란사건'이라는 제목으로 수많은 양민이 피흘려 싸웠다는 이야기였다. 남은 동지들이 상여에 태우고 어이어이 울었다. 그러고는 목숨이 다할 때까지, 혁명을 위해 우리는 계속 투쟁한다로 끝을 맺었다. 예술적인 가치가 전혀 보이지 않는 선전극이었다. 연극을 보고 나오다가 나는 무심코 친구에게 한 마디 툭 뱉었다.

"에이, 참 시시하다."

극장 계단을 내려오는데 도리구찌 모자를 쓴 한 사내가 서 있었다. 그는 계단에서 아무 말 없이 내 바지 벨트를 꽉 움켜쥐고 학생들이 모두 극장에서 빠져 나갈 때까지 기다렸다.

"따라와."

나를 앞세우고 사내가 지시한 대로 따라간 곳은 정치보위부였다. 그곳은 일본군 수비대가 쓰던 건물로, 말만 들어도 우둘우둘 떨리는 곳이었다. 사내는 나를 어느 골방으로 끌고 갔다.

"동무. 시시하다고 했소?"

고개를 들어 사내를 바라보니 쏘아보는 눈길이 싸늘했다.

"단위원까지 하는 동무가 혁명사를 보고 어찌 그런 반동의 말을 한단 말이오?"

사내는 발을 쿵쿵 구르며 윽박질렀다. 무심코 뱉은 말에 반동이 되고 나니 정신이 아득해졌다. 나는 아무 말도 못했다. 사내는 목소리를 한껏 낮추어 말했다.

"동무는 시베리아 유형감이오."

그 말을 끝으로 사내는 밖으로 나가버렸다. 한참을 혼자 앉아 있었다. 불안감이 몰려오더니 별의별 생각이 다 들었디.

어머니의 사촌 중에 어딘가로 끌려가서 영영 사라진 사람이 있다는 말도 떠올랐다. 나는 이제 어떻게 되는 걸까? 참 기가 막혔다. 저절로 눈물이 흘렀다.

얼마쯤 시간이 흐르자 문이 열리고 이번에는 다른 사내가 들어왔다.

"소년 동무."

지그시 부르는 소리가 부드러웠다. 그는 그 부드러운 목소리로 나지막하게 말했다.

"원칙대로라면 소년 동무는 시베리아 유형감이오. 혁명을 우습게 본 반동죄는 엄청난 대가를 치러야 한단 말이오. 그런데, 소년 동무! 세상이 무너져도 솟아날 구멍은 있다고 했소."

나는 그가 하는 말에 온 감각을 곤두세우고 들을 수밖에 없었다. 사내는 잔뜩 뜸을 들이며 나를 자기편으로 이미 끌어들이고 있었다.

"내가 시키는 대로만 하시오. 내 말에 따라 수령님과 국가에 충성하면 동무의 죄 값은 다 용서받을 수가 있소."

사내는 나에게 종이를 내밀었다. 내가 수령님과 국가에 충성할 것을 서약하는 내용이 적힌 종이였다. 작은 글씨로 해야할 역할이 무엇인지도 적혀 있었다.

학생 세 명이 모이면 무슨 이야기를 하는지 잘 들어라.
교회에 나가서 체제에 불만을 말하는 자가 누구인지 살펴라.
그렇게 동향을 살피고 매주 금요일마다 방과후에 와서 보고하라.
마지막으로 정치보위부와 맺은 이 서약에 대해 부모님은 물론
아무에게도 말하지 마라.
만일 이 서약을 어기고 조직을 어렵게 하면 총살을 한다.
뿐만 아니라 관계있는 사람도 처벌을 받는다.

결국 밀정이 되라는 얘기였다. 속이 뜨끔했지만 어쩔 수가 없었다. 나는 서약서에 손가락 도장을 찍었다.

"도장을 찍었으니 이제부터 우리는 동지요."

떼려야 뗄 수도 없는 동지가 되었지만, 밖에서는 절대 아는 척을 해서는 안 된다고 했다. 돈도 300원씩이나 줬다. 그때 300원이면 쌀 두 말 정도 살 수 있는 큰돈이었다.

"이건 내가 주는 돈이 아니오. 수령님께서 혁명을 위한 공

작금으로 주는 것이니 잘 받으시오. 그리고 이 돈으로 친구들과 빵집에 가든지 교회 사람들을 만나든지 상관 말고 쓰시오. 과업만 완수하면 되니까.”

돈을 받으면 안될 것 같았지만 안 받을 수가 없었다. 나는 이미 날개가 꺾인 작은 새에 불과했다. 집으로 돌아가도 된다는 말에 걸어 나오고 있었지만 들어갈 때 내가 아니었다. 머릿속이 하얗게 비어버린 채 걸어 나오는데, 갑자기 또 불러 세웠다.

“소년 동무!”
“……”
“금요일에 봅시다.”

어쩌다 이런 일이 나에게 일어난 걸까. 가슴이 짓눌려왔다. 다음 날 나는 친구들이 모여 있는 곳에 갈 수가 없었다. 교회 가서도 괜히 주뼛주뼛 사람들과 눈을 맞추지 못하고 죄진 사람처럼 고개를 숙이고 다녔다. 이윽고 금요일이 돌아왔다. 나는 혁명 과업을 이루지 못했다. 아무것도 보고할 게 없었지만 정치보위부에는 무작정 가게 됐다.

“무엇을 어떻게 해야 하는지 모르겠어요.”

죽어 들어가는 목소리로 겨우 말했다. 그러자 사내는 너그럽게 웃으며 말했다.

"동무, 걱정 마시오. 시간이 약이오."

사내는 혁명에 대해 한참을 장황하게 늘어놓기 시작했다.

"동무, 지금 우리는 혁명을 완수할 중요한 시점에 서 있는 것이오. 나나 동무나 공화국의 혁명을 위해 어떤 어려움이 있어도 참고 이겨내야 하오. 마침내 혁명이 이루어지는 그날이 되면 인민의 세상이 올 것이오. 그렇게 되면 동무는 문제없이 김일성대학에 갈 수 있을 것이오."

그러더니 혁명을 위한 구체적인 과제를 내주겠다고 했다.

"교회에 목사, 장로, 집사 그런 거 있잖소? 그 사람들 이름, 주소, 약도를 자세하게 파악해서 보고하시오."

머리가 아찔해졌다. 순간 어머니 얼굴이 떠올랐다. 사내는 그런 나에게 쐐기를 박듯이 또 300원을 쥐어 줬다. 그러더니 전에는 없었던 공작금 영수증에 손도장을 찍으라고도 했다. 빨간 손도장이 종이에 찍힌 것이 아니라 내 눈시울에 찍힌 것 같았다. 문을 열고 나오는데, 하염없이 눈물만 흘렸다. 등 뒤에서 나지막한 목소리가 한 마디 더 따라 나왔다.

"명심하시오. 아무도 눈치채선 안 되오!"

그저 막막했다. 목사, 장로, 제직자의 이름과 주소를 알아오는 게 혁명하고 무슨 연관이 있는 것일까? 무턱대고 서점으로 갔다. 레닌의 혁명사, 스탈린 전집, 조선공화국 창건사책을 닥치는 대로 샀다. 혁명을 위한 공작금이니 그런 책을사야 정당할 것 같았다. 책을 한보따리 사 들고 돌아오니 어머니가 깜짝 놀라서 물었다.

"이 책이 다 뭐니?"
"아 예, 그냥 보고 싶어서 가져왔어요."

그날 밤 잠을 한잠도 잘 수 없었다. 이제 꼼짝 없이 밀정 노릇을 해야 하는 것인가 싶었다. 하나님 앞에 죄를 짓는 것 같아 불안하고 괴로웠다. 다음 금요일에는 정치보위부에 가지않았다.
월요일 오후였다. 흘깃 고개를 돌리는데, 복도에 도리구찌모자가 보였다. 뚜벅뚜벅. 도리구찌 사내는 눈길 한번 안 주고 복도를 지나쳐 갔다. 가슴이 쿵쾅거렸다. '서약을 어기고 조직을 어렵게 하면 총살을 한다.' 정말 그럴 수도 있겠다 싶어 가슴이 조여드는 것 같았다.

잠을 자는데 숨이 막혔다. 살려달라고 소리지는데, 소리가 나오지 않았다. 죽을 것만 같아서 있는 힘을 다해서 몸부림을 쳤다.

"어머니! 어머니!"
"죽봉아, 왜 그래?"

어머니가 흔들어 깨우는 바람에 눈을 떴다. 어머니 얼굴을 보자 나는 저절로 눈물이 펑펑 솟아났다. 영문을 몰라하는 어머니를 이불 속으로 끌어당겼다. 누가 들을까 이불 속에서 낮은 목소리로 자초지종 털어놓았다. 어머니는 이야기를 듣는 내내 깊은 한숨과 한탄을 뱉었다.

"내 아들이 여태 혼자 끙끙 앓았구나. 이제 걱정하지 말거라."

다음 날 어머니는 사내가 원하는 내용을 다 가져왔다. 그걸 보고 어서 내 글씨로 베껴 쓰라고 했다.

"이 내용은 작년에 이미 다 보고가 된 내용들이니 염려하지 말아라. 아마도 너를 테스트하려고 그런 것 같아."

다음 금요일에 그걸 가지고 갔다. 사내는 아주 흡족해했다. 내 어깨를 두드려 주며 이제 반동분자를 잘 적발해내자고 했다. 그러면 수령님께 상도 받을 수 있을 거라고도 했다. 나는 칭찬을 받으면서도 불안감이 가시지 않았다.

며칠 뒤, 어머니는 나에게 이모한테 가 있으라고 했다. 학교도 가지 말고 거기 가서 숨어있으라는 것이었다. 이제 겨우 고등학교에 진학해서 10월이 되었을 때다. 그후로 나는 이모 네집에 가서 두문불출하고 있었다. 약 1주일이 지났을 무렵 어머니께서 오셨다. 내일 밤차로 외할아버지 댁으로 간다고 했다.

3-3 기차에서 만난 할아버지

"외할아버지 댁으로 가자."

벌써 10월에 들어서고 날씨는 꽤 쌀쌀했다. 모자와 외투로 꽁꽁 싸매고 기차역으로 나갔다. 그런데 분위기가 이상했다. 외삼촌을 비롯한 친척들이 모두 짐을 챙겨서 우루루 나와 있었다. 기차는 외할아버지 댁이 있는 만포행이 아니고 평양행이었다.

"압록강 쪽으로 가는 거 타야 되지 않나요?"
"……."

어머니는 아무 대답도 하지 않았다. 몇 번을 물어도 마찬가지였다. 밤 10시쯤 기차는 출발했고, 나는 곧 잠이 들었다. 어스름 부연 빛에 눈을 떴다. 해가 뜨고 있었다.

"배 고프지?"

어머니는 뜬눈으로 밤을 샌 거 같았다. 곧 순천에 도착하는데, 거기서 나진선으로 갈아타면 도시락도 사 먹자고 했다. 개마고원을 넘어온 만포선은 순천에서 나진선으로 이어졌다.

나진선은 남쪽으로는 평양, 동북쪽으로는 함흥을 거쳐 나진까지 올라가는 기차였다.

"우리는 함흥으로 간다."

내가 이모한테 가 있는 동안 집안을 모두 정리하고 아버지와 형은 벌써 함흥에 가 있다고 했다. 강계에 와서 3년 만에 다시 짐을 싸야했다. 더구나 나 때문에 이렇게 야반도주하는 신세가 된 것이었다.

"이제 편안히 가도 된단다."

함흥 가는 기차를 갈아타고서야 모자와 외투를 벗었다. 창 너머로 한가한 농촌 풍경이 스쳐지나갔다. 다른 사람들은 모두 다 잘 살고 있는 듯 보였다. 깊은 한숨만 나왔다. 그때 앞자리에 앉아 있던 할아버지에게 어머니가 말을 걸었다.

"어디까지 가시나요?"
"북청까지 갑니다."

함흥을 지나 조금 더 북쪽으로 올라가면 북청이었다. 할아버지는 원래 화전을 일구는 산포대기로, 농사를 짓고 살았다고 말했다. 그런데 자식들이 시책에 따라 북청 탄광으로 가게 되어서 자기도 따라 가는 길이라고 한다. 할아버지는 나를 몇 차례나 요리조리 쳐다보더니 고개를 갸우뚱거리다가 다시 쳐다봤다.

"혹시 관상을 보시나요?"

어머니의 물음에 할아버지가 대꾸했다.

"혹시 귀공자의 손금을 좀 봐도 되겠습니까?"

나는 얼른 손을 내밀었다. 할아버지는 수심이 가득한 얼굴로 혀를 끌끌 차더니 아무 말도 하지 않았다.

"괜찮으니 말씀을 좀 해 주세요."
"길하긴 대길할 운세입니다. 그런데 앞으로가 문젭니다. 바로 극심한 고락이 따라올 운세예요. 너무 어려서 그걸 견뎌 낼 수 있을지…."

말끝을 낚아채듯 내가 물었나.

"고락이 뭡니까?"

"생사를 넘나드는 일이지."

할아버지는 창밖으로 시선을 돌렸다. 나는 피식 웃고 말았다. 지금 야반도주는 하지만 나에게 죽고 사는 문제는 아주 먼 얘기로 들렸다. 그때 나는 겨우 열여섯 살이었다.

제2의 고향, 함흥

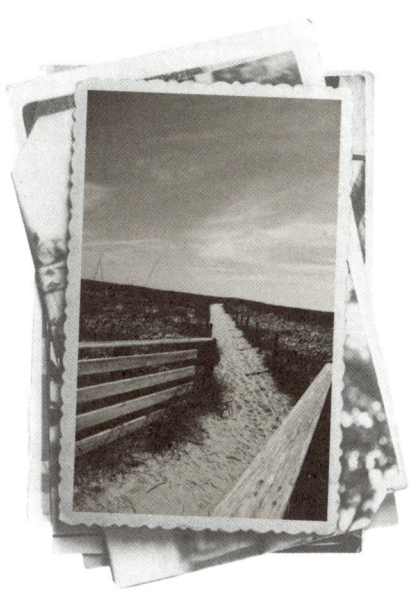

비행기 편대는 함흥역에 폭탄을 떨어뜨리고 동해 쪽으로 빠져나갔다.

폭음소리로 천지가 진동했다. 불꽃이 기둥처럼 솟아오르고 뿌연 연기가 사방을 가렸다.

천지사방 분간을 할 수 없는 어마어마한 폭발이었다.

바로 코앞까지 전쟁이 밀려온 것이었다

4-1 홍옥도 맛있고 명태도 맛있고

함흥에 도착하고도 나는 50일이 넘도록 학교에 못갔다. 전학증이 없으니 학교에서 받아주지 않았다. 나는 장진으로 가는 트럭 뒷자리를 얻어 타고 하루 종일 달려서 다시 강계로 갔다. 전학증을 떼기 위해서였다. 다행히 정치보위부의 눈을 피해 전학증을 떼어서 돌아왔다.

돌아와서 나는 함흥제일고등학교에 들어갔다. 함흥만 해도 큰 도시라 한 학년에 7개 반이나 있었고, 한 반 인원수는 65명이나 되었다. 교실이 부족해서 오전, 오후로 나누어 수업을 받는 형편이었다. 나는 학교에 가자마자 중간고사를 봤다. 성적이 엉망진창으로 나왔다. 성적은 1부터 5까지 평가를 했는데, 3 이상은 패스, 2 이하는 낙제였다. 나는 거의 모든 과목에서 낙제를 했다.

"어디서 이런 멍청이가 전학을 왔을꼬."

친구들은 물론 선생님들도 조롱했다. 그날부터 나는 죽자 사자 공부에 매달렸다. 그리고 기말고사가 끝났을 때 나는 더 이상 조롱거리가 아니었다. 중간고사 낙제가 최고가 됐다고 모두들 난리였다.

학교가 끝나고 집으로 돌아갈 무렵이면 늘 배가 고팠다. 어서 가서 무얼 먹어야지 생각하면 침이 고이고, 그러면 더 배가 고파졌다. 그럴 때마다 시장통에 있는 집까지 한달음에 달려갔다. 그러면 집에는 어김없이 먹을 것이 기다리고 있었다. 함흥은 바닷가라 싱싱한 생선이 많았다. 명태나 가자미는 날 것도 맛있고, 바닷바람에 꾸들꾸들 말린 것도 맛이 있었다. 꾸들꾸들 말린 생선에 양념을 발라 숯불에 구우면 멀리서 냄새만 맡아도 황홀할 지경이었다.

살이 실한 털게를 찌고, 노란 내장에 밥을 비비면 정말 둘이 먹다 하나가 죽어도 모를 정도다. 혹한의 개마고원 산간벽지에서 바닷가로 나오니 과일도 달랐다. 복사꽃 화사하게 피고지면 수밀도 복숭아가 열렸다. 함흥의 복숭아는 달기로도 유명했다. 가을이면 새콤달콤 빨간 홍옥과 노란 배도 열렸다. 함흥시장에 나가면 강계에서 보지 못한 과일과 생선이 풍성했다.

하루는 형과 함께 둘이서 사과 한 동이를 다 먹은 적도 있었다. 어머니는 깜짝 놀라셨다. 한 동이 50알인데, 앉은자리에서 다 먹어치운 것이다. 사과가 떨어져 아쉬울 즈음 다시 또 배 한 동이를 사오셨다. 배를 한입 베어 물면 입 안 가득 향기가 차올랐다. 우리가 맛나게 먹는 모습을 보며 어머니는 웃기만 하셨다.

"그래, 한창 클 때는 잘 먹어야지."
"함흥처럼 살기 좋은 곳이 또 있을까."

어머니께서 종종 하시던 말씀이다. 정말 그랬다.

4-2 6월 25일, 새벽

"내일 새벽 5시 30분, 한 사람도 빠짐없이 학교 운동장에 모여라!"

뭔 일이 일어났구나 싶었다. 남과 북이 38선에서 충돌이 잦아 긴장감이 감돌던 시기였다. 학교에서는 한 달이나 당긴 5월 초에 수료식을 했다. 방학에도 학생들은 계속 학교에 나가 군사훈련을 받고, 경기장 건설에 동원되었다. 또, 열다섯 명씩 조를 짜서 학교 보초도 섰다.

6월 25일 아침, 학생들이 삼삼오오 운동장으로 모여들었다. 6시가 되자 김일성 장군의 연설이 방송되었다.

"친애하는 인민동지 여러분. 조선민주주의인민공화국 수립 후 그토록 평화롭던 38선을 오늘 새벽 4시를 기해 남조선 괴뢰도당이 침범해 왔습니다. 우리 조선민주주의인민공화국 내무부 경찰수비대로는 막을 길이 없어서 민족보위부에 국토방위를 위임했습니다. 이제 용감무쌍한 우리 조선민주주의인민공화국 인민전사들은 통일전선에 나서 이삼일 내 서울을 탈환하고, 이 달 말에는 부산까지 접수할 것입니다. 모든 인민들이 조국통일을 위해 몸 바쳐 나설 것을 촉구하는 바입니다. 바로 지금, 조선민주주의인민공화국 온 인민이 대동단결

하여 위대한 혁명과업을 완수해야 할 때입니다!"

남북 전면전이 선포된 것이었다. 기어이 전쟁이 일어났다고 모두가 웅성거렸다.

"모두 강당으로 들어가라."

강당으로 들어가니 강당 안에는 학생들로 미어터지게 생겼다. 숨이 막힐 듯했다. 집회가 시작되자 강단에 오른 학생들은 열띤 목소리로 선동을 하기 시작했다.

"조국 해방을 위해 나가자!"
"인민을 위해 산화하자!"
"서울을 넘어 부산까지!"
"해방전선에 앞장서자!"

집회를 마치고 나오니 트럭이 기다리고 있었다. 트럭은 학생들을 싣는 대로 떠나고 또 들어왔다. 정신없이 혼란스러운 틈을 타서 도망치는 학생들이 있었다. 나도 그 물결에 섞여 뛰었다. 정말 죽을힘을 다해 뛰었다. 대문을 들어서면서 바로 고꾸라지니 어머니가 놀라 뛰어나왔다. 어머니는 잠잠해질 때까지 기다리자고 했다. 은혜로우신 하나님께서 틀림없이 너를 도와주실 거라 했다.

비행기 편대가 몰려온 건 10월 초였다. 학교가 어찌 되었나 궁금해서 몇몇 친구들과 길을 나선 참이었다. 그 순간 하늘이 찢어지는 듯 굉음이 들려왔다.

"미군 쌕쌕이다."
"B29다."

비행기 편대는 함흥역에 폭탄을 떨어뜨리고 동해 쪽으로 빠져나갔다. 폭음소리로 천지가 진동했다. 불꽃이 기둥처럼 솟아오르고 뿌연 연기가 사방을 가렸다. 천지사방 분간을 할 수 없는 어마어마한 폭발이었다. 바로 코앞까지 전장이 밀려온 것이었다.

집으로 돌아오니 어머니가 사색이 되어 기다리고 있었다. 길거리에 나갔던 형이 그 자리에서 인민군에 끌려간 것이었다. 다음 날 날이 밝자 남은 세 식구가 피란을 했다. 우리가 향한 곳은 함흥에서 30리 떨어진 주북이라는 산골마을이었다. 거기 과수원에 방 한 칸 얻어 피란살이를 시작했다. 사람들이 몰려들던 때라 방 한 칸이나마 감지덕지였다.

먼 하늘에 전투기 나는 소리만 들렸다. 그러면 어김없이 쾅, 쾅 폭음이 이어졌지만 우리가 있던 주북은 어떤 소식도

감감한 산골마을이었다. 친구들은 어떻게 지내고 있을까, 학교가 폭격을 당한 건 아닐까 궁금했다. 상황을 모르니 불안감만 커져가고 답답한 가슴이 회오리쳤다. 이대로 있다가는 미칠 것 같아서 이럴 바엔 차라리 함흥으로 한 번 가보자 생각했다.

4-3 그대는 조국을 위해 무엇을 하였는가?

함흥은 쑥대밭이 되어 있었다. 하늘에서 폭탄이 쏟아지고 바다에서 함포가 날아들었다. 동양 제일이라 자랑하던 흥남의 비료 공장, 카바이드 공장들이 완전히 파괴되어 잿더미만 남아 있었다. 공장이고 병원이고 폭격에서 살아남은 시설은 거의 없었다. 며칠 새, 함흥은 사람 그림자도 볼 수 없는 폐허가 되어 버린 것이다. 학교도 적막하기는 마찬가지였다. 멋대로 자라 쇠어가는 풀들이 바람에 흔들릴 뿐이었다.

동네 골목 곳곳에 선전 벽보가 붙었다. 대개 전쟁 총동원을 선동하는 내용들이었다. 무겁게 발걸음을 옮기는데 눈앞에 붉은 글씨가 막아섰다.

'그대는 위대한 조국을 위해 무엇을 하였는가?'

찌르르 전율이 일었다. 나도 어쩔 수 없이 전쟁의 소용돌이에 휘말리겠구나 싶었다. 이제 어떻게 해야 할까, 나는 어떻게 살아야 할까 생각했다. '고등학교를 마치면 대학에 가고, 대학을 졸업하면 직업을 갖는다. 어머니는 내가 목사가 되기를 바라지만, 그건 차차 생각해 볼 일이다.' 이런 막연한 생각이 아니었다. '총동원령에 따라 당장 전장으로 나가느냐 아니면 다른 어떤 길을 선택할 것인가.' 기로에 섰던 것이다.

84

규홍이네 집에서 친구 넷이 모였다. 나를 비롯하여 규홍이, 수일이, 정학이었다. 우리는 모두 운동도 좋아하고 책 읽는 것도 좋아해서 서로 막역한 사이였다. 강계에서 왔다고, 친구들은 나보고 강계야, 강계야 부르기도 했다.

"인민군이 북쪽으로 밀리고 있다던데."
"나도 들었어. 인민군 부상자들도 엄청나게 보이더래."
"이 전쟁이 어떻게 되는 걸까?"
"글쎄, 모르지. 부산만 남았다고 금방 끝낼 것 같더니만 그것도 아닌가봐."
"우리는 총동원령을 피했으니 잡히면 큰일나는 거 아닐까?"
"전쟁이 언제 끝날지도 모르는데 무작정 숨어 지낼 수도 없지."

나는 벽보 이야기를 했습니다. '그대는 위대한 조국을 위해 무엇을 하였는가?' 하고 묻는 말에 답을 해야 할 때가 된 것 같다고 말했다. 만 열여섯 살 소년이지만 가슴에서 솟구치는 뭔가가 있었다.

"우리의 조국은 남쪽이 될 수도 있고, 북쪽이 될 수도 있어. 선택해야 해."

"공화국 헌법에 출판의 자유, 결사의 자유, 종교의 자유가 다 보장되어 있어. 하지만 아무것도 지켜지지 않아. 그렇다면 우리의 미래는 어떻게, 누구에게 보장받을 수 있을까?"

나는 정치보위부에 끌려가서 밀정이 될 뻔했던 이야기까지 털어놓았다. 야반도주로 강계를 떠나올 수밖에 없었던 사연을 듣고는 친구들이 아무 말도 못했다. 결국 우리는 지하 조직에 들어가기로 했다. 남쪽을 위해 활동하는 조직이었다.

어머니가 찾아와 펄펄 뛰었다. 큰아들이 인민군에 끌려갔는데, 작은 아들은 또 남쪽 지하 조직에 들어간다니 이 무슨 운명이란 말인가. 어머니는 당장 주북으로 돌아가자고 재촉했다.

"함흥까지 도망쳐왔는데, 또다시 네가 잘못되기라도 하면 그 다음 갈 곳이 어디란 말이냐?"
"어머니, 제가 장성해도 이쪽에서는 희망이 없습니다. 앞으로 교회는 더 탄압받을 거구요."

어머니는 한참 동안 나를 바라보았다. 그러더니 체념한 듯 당부했다.

"그래. 어떻게든 천심을 지켜라."
"어머니, 천심이 뭡니까?"
"하나님이 네게 주시는 그 마음이다. 목숨을 지켜라."

어머니가 나를 당겨 안으며 말했다.

"하나님이 너와 함께 하시기를 기도하겠다!"

4-4 백의민족단

폭격으로 무너져 내린 건물에 용케도 지하실은 남아 있었다. 건물 잔해로 얼기설기 은폐해 놓은 곳으로 지하 계단이 나 있었다. 더듬더듬 내려가 보니 한낮인데도 어두컴컴했다.

"어서 오게."
"백의민족단에 찾아온 걸 환영한다."

마흔 살쯤 되어 보이는 남자가 책상에 앉아 있고, 그 옆에는 서른 살쯤 되어 보이는 남자가 서 있었다. 그들이 반갑게 우리를 맞아주었다. 우리는 서로 굳게 손잡고 악수를 나누었다. 나이 많은 사람이 조직의 책임자고, 어린 남자는 비서인 것 같았다.

"나는 엄두종이네. 자네들은 나를 따라오게."

엄두종이라 소개한 사람이 우리에게 입단서를 내밀었다.

"먼저 여기 입단서에 서명하게."

그렇게 해서 우리는 백의민족단 학생부에 배속되었다. 책임자가 말했다.

"학생 동지들이 할 일은 포스터를 붙이는 일이다. 담벼락 이나 전봇대 등 사람들 눈에 잘 띄는 곳을 찾아 붙여라."

그날이 10월 12일이었다. 드디어 첫 임무를 받은 것이다. 우리는 밤이 되자마자 포스터를 들고 나섰다. 밤늦도록 돌아 다니며 포스터를 붙였다. 11시가 넘어 다시 규홍이네 집으로 돌아와서는 세상 모르게 곯아떨어져 잠이 들었다.

그런데 잠결에 무슨 소리를 들은 것 같았다. 쏟아지는 잠에 모로 돌아눕는데, 누군가 엉덩이를 걷어찼다. 벌떡 일어나 앉 으니 학생복을 입은 사내가 나를 내려다보고 있었다.

"야, 이 새끼야. 빨리 못 일어나?"

다짜고짜 욕설을 뱉는데, 학생복 밑으로 파란색 정치보위 부원 옷이 보였다. 나는 '아, 뭐가 잘못 됐구나.' 싶었다. 정신 을 차려 보니 친구들은 벌써 일어나 서 있었다.

"자, 자. 모두 윗통 벗고 허리띠 풀어."

우리는 포승줄에 줄줄이 엮인 채 끌려갔다. 뒤로 묶인 손으로 연신 흘러내리는 바지를 추켜올리면서 따라갔다. 하늘은 맑은데 거리에는 쥐새끼 한 마리 보이지 않았다. 가 보니 우리가 살던 동네 남문리 파출소였다. 그때가 10월 13일, 아침 8시였다.

"대라."

무턱대고 때리기부터 하더니 또 다른 당원이 누구냐고 을러댔다. 하지만 우리는 댈 게 없었다. 세포조직이라 겨우 지시 받은 활동만 알고 있을 뿐이다. 하염없이 맞았다. 굵은 참나무 몽둥이 결이 쩍쩍 갈라졌는데도 분에 못 이기는지 나중엔 군홧발로 무릎을 마구 짓이겼다.

오후 2시쯤, 우리를 처음 잡아올 때처럼 다시 묶었다. 걷기는커녕 서 있기도 힘들었다.

"엄살 부리지 말고 빨리 걸어."

사내는 정신없이 우리를 내몰았다. 앞뒤로 포위된 채 우리는 속절없이 또 어디론가 끌려갔다.

나는 지옥을 보았다

'입구가 좁고 천장이 너무 낮아서 앉은걸음으로도 겨우 기어 들어갈 정도였다.

물으로 진동으로 따사돌가 마구 떨어져 내렸다.

들어갈수록 숨이 가빠왔다.

아무것도 보이지 않고 짐승같이 헐떡이는 숨소리만 들리는 지옥이었다.

5-1 요나를 구해 주셨듯이

우리가 끌려간 곳은 반룡산 북쪽 분지에 있던 천주교 성당 지하실이었다. 함흥시 정치보위부에서 사무실로 사용되는 곳이었다. 열 평 남짓한 작은 지하방에 가마니 서너 장이 깔려 있었다. 우리보다 먼저 끌려온 사람들이 거기 널브러져 뒹굴고 있었다. 콘크리트 바닥에는 오줌이 흥건하여 앉을 수도 없었다.

"오수일이 누구냐?"

수일이가 불려 나갔다. 수일이네 형이 인민군 장교였는데 먼저 취조를 받기 위해 끌려갔다. 수일이는 정오가 되도록 소식이 없었다. 사내는 우리를 다시 끌어냈다. 먼저 잡혀온 다섯 명과 합쳐서 모두 아홉 명이었다. 우리들 앞뒤로 호위병이 서고 옆으로는 장교가 따라붙었다. 멀리서 포탄 소리 기관총 소리가 들려왔다. 큰길로 나와 보니 부상병들이 만세교를 건너 심포 쪽으로 걸어가는 게 보였다. 어떤 병사는 절뚝이며 걸음을 제대로 걷고, 어떤 병사는 얼굴에 붕대를 칭칭 동여맨 채 절룩거리며 걷고 있었다. 그들은 마치 유령처럼 흐느직흐느적 걸었다. 나는 직감적으로 퇴각하는 상황이구나 하고 눈치챘다.

한 150평쯤 될까 한 방에 반 넘게 사람들이 차 있었다. 맨 뒷줄에서 두 번째 자리에 규홍이가 앉고, 그 뒤로 내가 앉았다. 둘러보니 바닥에 콘크리트가 깔린, 꽤 넓은 지하방이다. 한쪽에는 페치카도 보였다. 4분의 3정도는 지하이고 4분의 1 정도는 땅 위로 나온 2층건물이었다. 창문으로 밖을 내다볼 수 있지만, 출입문으로는 건물 뒤쪽으로 난 문이 유일했다.

가까이서 함포 소리, 폭탄 터지는 소리가 들려왔다. 신음 소리만 간간이 들릴 뿐 방안 누구도 말이 없었다. 침묵 속에 긴장감만 팽팽하게 맴돌았다. 규홍이가 먼저 끌려 나갔다 오더니 흐느껴 울었다. 나는 가만히 다리를 펴서 엉덩이를 치며 말했다.

"하늘이 무너져도 살아날 구멍이 있다고 했어. 울지 마라."
"김죽봉! 나와."

드디어 나를 불렀다. 그러나 발이 묶여서 걸어갈 수가 없었다.

"토끼뜀 몰라? 뛰어."

취조실은 건너편 방이었다. 소좌가 앉아 있는 책상 옆에 몽둥이가 보였다. 몽둥이 한쪽 면에 날카롭게 날을 세워 놓은 모습도 보였다. 한 방 맞으면 살점이 찢겨 나갈 것 같았다. 순간 두려움이 밀려왔다. 취조랄 것도 없이 이미 다 조서가 작성되어 있었다.

'김죽봉은 신성한 조국해방전선에 반기를 들고 후방 교란전을 꾀하여 이적행위를 하였음.'

나의 죄목이었다. 이의가 없으면 불러주는 대로 쓰고 손도장을 찍으라고 했다. 그때 불현듯 어머니 말씀이 생각났다. '어떻게든 천심을 잃지 마라.' 어떤 상황에 있든 어떻게라도 목숨을 지키라는 말씀을 떠올리며, 나는 마음을 다잡았다. 그리고 기도했다.

'자비로우신 하느님, 제가 고난을 벗어날 힘을 주세요!'

곰곰 생각해 보니 여기서 무슨 말로 부인해도 상황이 바뀔 것 같지 않았다.

"이의 없습니다."

소좌가 뒤로 묶은 삼베 끈을 풀어주었다. 오랫동안 삼베 끈에 쓸리고 옥죄인 손목이 퉁퉁 부어 있었다. 나는 소좌가 시키는 대로 했다.

"어머니가 해 주는 따듯한 밥이나 얻어먹고 집에서 가만히 있을 것이지. 쯧쯧…"

소좌가 혼잣말을 했다. 취조를 받고 돌아가 보니 어수선했다. 취조실에 끌려가 얼마나 맞았는지 앉아 있어도 코가 땅에 닿을 정도였다. 날선 몽둥이로 척추돌기를 때리고, '물 좀 주세요.' 하면 얼굴에 물을 철철철 부었다. 취조가 아니라 고문이었다. 그날 밤, 뒤로 손이 묶인 채 콘크리트 바닥에 누워 잠을 잤다.

아침이 되자 상황은 점점 더 나빠졌다. 정치보위부원들이 달려와 몸도 못 가누는 사람들을 걷어차고 일으켜 세웠다. 손발이 묶인 사람들이 용변을 제대로 처리하지 못해 바닥에 오줌이 질척했다. 물이 흘러내리도록 사방 모서리마다 파 놓은 채수통에 오줌이 고여 지린내가 진동했다. 나는 생리현상이 멈추어 버린 것 같았다. 끌려온 뒤로 배가 고프지도 오줌이 마렵지도 않았다. 그런데도 정신만은 말똥말똥했다. 조선민주주의인민공화국 헌법에 전시 중 정치범은 사형이었다. 그러니까 나는 지금 사형을 기다리는 기결수나 다름없는 것이었다.

'자비로우신 하나님, 저를 도와주세요.'

나는 마음속으로 하나님을 부르고 또 불렀다. 속절없이 시간이 흐르고 다시 한낮이 되었다. 여전히 폭격기 나는 소리, 폭탄 터지는 소리가 쉴 새 없이 들려왔다. 창문 밖으로 보이는 상황도 심상치 않았다. 트럭에 비품과 서류뭉치를 싣고, 한쪽에서는 무언가 한 무더기 쌓아놓고 불을 질렀다. 오토바이 몇 대가 부릉거리고, 파란 보위부 옷을 입은 사람들이 분주하게 움직였다. 곧 여기서도 퇴각하는 모양이구나 싶었다. 차라리 여기에 폭탄이 쏟아져서 도망칠 기회라도 온다면 얼마나 좋을까 하고 속으로 생각했다.

어둠이 오고 사방이 적막했다. 지하에 갇혀 물 한 모금 얻어먹지 못한 사람들은 이제 신음 소리조차 내지 못했다. 대부분 학생복 차림이고 노동복을 입은 사람도 좀 있었다. 별의별 생각이 다 떠올랐다. '인민군에 끌려간 형은 어찌 되었을까.' '어머니는 이 난리 통에 나를 찾아 헤매 다니겠지.' 어머니를 생각하니 울컥했다.

"아, 어머니…."

나는 눈을 감고 하나님께 기도했다.

'자비로우신 하나님, 저를 이 환난에서 구해 주세요. 요나를 구해 주셨듯이 저를 구해 주세요.'

5-2 1950년 10월 15일, 반룡산

째애애애앵. 폭격기 굉음이 머리털을 스치듯 지나갔다. 쾅! 쾅! 콰르르르릉! 폭탄이 터지는 굉음이 귀를 찢는 순간, 눈앞에 불이 번쩍했다. 눈이 부시게, 깊고 울울한 숲에 두레박 내려오듯 한 줄기 빛이 보였다. 천장이 날아가고 벽은 부서져 내렸다.

"아! 살았다."

나는 그 빛을 부여잡고 벽을 기어올랐다. 더, 더, 더. 조금만 더. 죽을힘을 다해 용을 썼다. 그런데 그때 누군가 내 엉덩이를 걷어찼다.

"기상! 기상이다!"

창밖은 아직 캄캄한 한밤중이었다. 정치보위부 사람들은 안 보이고 새카만 전차복 차림 사람들이 대신 보였다. 그들은 우리를 깨우더니 묶인 발을 풀어 주었다.

"안타깝게도 어제 원산 교화소를 유엔 괴뢰군에게 폭격 당했다. 괴뢰군들은 폭탄을 던져 교화소에 안전하게 수용되어 있던 죄수들을 모두 죽였다. 따라서 우리는 인민의 생명을 지켜주고 보호하기 위하여 안전한 방공호로 이동할 것을 결정했다. 지금부터 동무들은 우리의 지시대로 잘 따르라. 만약 말을 듣지 않는 자가 있다면 그 자리에서 총살이다."

간담이 서늘해졌다. 꿈은 산산이 부서져 버렸다. 그렇게 꼬박 이틀 만에 지하방에서 나오니 밖은 10월 15일로 넘어가는 새벽이었다. 우리는 5열종대로 줄줄이 엮여 걸어갔다. 150여 명이 정치보위부 뒤쪽에 줄지어 도열했다. 칠흑 같은 어둠으로 옆사람의 얼굴도 가릴 수 없었다.

잔별이 무심하게 총총 빛나고 있었다. 방향을 가늠해 보니 반룡산으로 가는 길이었다. 반룡산은 도로 폭이 10미터쯤 되는 길가에 붙어 있었다. 평소에도 사람들의 왕래가 잦은 길이었다. 골짜기에 도착하자 벌써 거기에는 사람들로 빼곡했다. 어디에서 끌려왔는지 수천 명도 넘는 것 같았다. 나는 인민군 사격장으로 연결되는 길 맨 끝줄에 앉았다.

칠흑같이 어두운 산속에 쾅, 쾅 폭발음만 울려 퍼지고 있었다. 폭발음이 울리고 나면 한 줄 한 줄 앞자리로 당겨 앉게 했다. 차츰 어둠에 눈이 익었다. 산 사면에 굴이 뚫려 있는데, 몇 미터 간격을 두고 길 양쪽으로 셀 수 없이 많은 동굴이 있었다.

그런데 아무리 봐도 그것이 방공호 같지 않았다. 자세히 보니 굴 위에 새카만 전차복을 입은 사람이 보였다. 전차복 앞에는 큼지막한 나무상자가 있었다. 맞은편 산도 마찬가지였다. 골짜기를 사이에 두고 양쪽 굴에서 연신 폭발음이 들렸다. 한 줄이 나가 들어가면, 또 그 다음 줄이 나가 들어갔다. 그런데 무너져 내린 동굴처럼 굴이 닫혀 있었다.

우리보다 먼저 도착한 죄수들은 기결수로 죄수복을 입고 있었다. 양쪽으로 끝도 없이 줄지어 앉은 채 차례를 기다리고 있었다.

'아뿔싸, 소련영화에서 봤던 바로 그 생매장이구나.'

2차 세계대전 때 독일군이 소련군 포로를 생매장할 때도 그랬다. 구덩이를 깊게 파고, 산 사람을 한데 몰아넣은 채 불도저로 흙을 덮었다. 생때같은 산목숨을 그렇게 묻어버린 것이다. 구덩이가 굴로 바뀌고, 불도저가 폭탄으로 바뀌었을 뿐이었다. 이제 남은 사람은 150명쯤, 사태가 급박했다. 여기서 도망쳐야 산다. 본능처럼 그 생각만 떠올랐다. 그럴려면 먼저 삼베 끈으로 묶인 팔을 풀어야 했다.

앞사람이 뒷사람의 끈을 이로 물어 푸는데, 애쓰면 애쓸수록 매듭이 단단해졌다. 삼베 끈에 침이 묻으면 더 단단히 죄어진다는 사실을 몰랐던 것이다. 그러는 사이 다른 굴이 이미 다 막히고, 마침내 두 개만 남았다.

다섯 사람이 한 줄이 되어 있는데 나는 두 번째 줄이었다. 입구가 좁고 천장이 너무 낮아서 앉은걸음으로도 겨우 기어 들어갈 정도였다. 목으로 잔등으로 마사토가 마구 떨어져 내렸다. 들어갈수록 숨이 가빠왔다. 아무것도 보이지 않고 짐승같이 헐떡이는 숨소리만 들리는 지옥이었다.

어느덧 나는 굴의 끝에 다다랐다. 더 이상 나아갈 곳도 없는데 뒤에서는 계속 안으로 밀려 들어왔다.

'아, 하나님.'

그때 앞줄에 앉은 사람들이 벽에 발을 대고 힘껏 밀쳤다. 우르르쾅쾅. 폭탄처럼 우리는 굴 밖으로 튕겨져 나왔다. 사람이 죽느냐 사느냐 하는 기로에서 뿜어내는 힘은 정말로 대단했다. 새카만 전차복들은 밖으로 튕겨져 나온 사람들을 다시 굴로 밀어 넣으려고 개머리판으로 때리고 발로 찼다. 지옥에서 죽을힘으로 살아나온 목숨인데 다시 제발로 기어들어가 죽을 수는 없었던 걸까? 사람들은 죽일 테면 그냥 여기서 죽여라 하고 버텼다.

그런 실강이 속에 다시 우리는 마지막 남은 굴로 밀려 들어갔다. 그 굴은 산기슭이어서 그런지 내부가 기역자로 꺾여 있었다. 다른 굴에 비해 이 굴은 숨을 쉬기에 편했다. 빼곡하게 들어찬 사람들 사이에서 언제 이제 입구에서 폭탄이 터질까 기다리고 있는데 갑자기 모두 토굴에서 나오라는 뜻밖의 지시가 있었다.

꺼림칙한 표정으로 끌려나온 150여 명에 달하는 우리는 다시 5열종대로 굴 앞에 섰다. 어느새 날이 훤하게 밝아오고 있었다. 골짜기를 따라 반룡산 중턱으로 하나 둘 사람들이 올라오는 게 보였다. 피란민 행렬이었다. 전차복을 입은 자들도 사람을 보더니 멈칫했다. 인민의 눈도 있고 안 되겠다 싶었는지 그만 내려가자 했다.

'이제는 살았구나.'

아침 햇살에 골짜기가 드러났다. 우리가 들어갔다 나온 굴 두 개만 남아 검은 입을 벌리고 있었다. 그 많던 굴들은 흔적도 없이 사라졌다. 아침 햇살에 보니 간밤에 반룡산 기슭 양쪽의 토굴에서 약 7천 명이 생매장된 셈이었다.

'아, 사람이 어찌 저런 짓을 할 수 있단 말인가….'

눈앞에서 보고도 도무지 믿기지 않을 일이었다.

5-3 생지옥을 보았다

우리는 다시 줄줄이 엮여 정치보위부가 있는 성당 지하로 끌려왔다. 마당 곳곳에 수북이 쌓인 서류뭉치가 타고 있었다. 정치보위부 사람들도 몇 보이지 않았다. 아마도 북쪽으로 도망을 간 것 같았다. 다시 지하방에 갇혔다. 줄줄이 엮은 팔을 풀어주지도 않아서 우리는 혼자 마음대로 움직일 수도 없었다. 모두 얼이 빠진 듯 무거운 침묵만 흘렀다.

그러다 잠깐 까무룩 졸았을까 싶었을 때였다. 쿵쿵쿵 발소리가 나더니 덜커덕 뒷문이 열리고, 누군가 소리쳤다.

"모두 총살이다!"

눈을 번쩍 떴다. 파란옷의 정치보위부원과 총을 든 사수 넷이 우리 뒤에서 사격 자세로 도열해 있었다.

"사격!"

명령이 떨어진 순간, 정적이었다. 아무도 움직이지 않자 상관인 듯한 사람이 화를 내며 다시 명령했다.

"사격!"

그러나 이번에도 아무도 방아쇠를 당기지 못했다. 상관이 퍽, 퍽 사수들을 때리며 소리쳤다.

"발사!!"

순간 사람들이 우르르 일어났다. 두두두두두. 검은 총구에서 불이 뿜어져 나왔다. 총소리, 놀라 외치는 소리…. 지하감방은 금세 아수라장으로 변했다. 귀청이 찢어지는 것 같은데 귀를 막을 수도 없었다. 아득했다. 그때 다시 소리가 들렸다.

"사격 중지!"

총소리가 멎고 다시 조용해졌다. 상관이 뛰어나갔다. 총을 맞은 사람과 맞지 않은 사람 누구도 아무 말도 할 수 없었다. 순간 정적이 깔렸지만 그조차 금방 음산한 작은 소음들에 묻혔다. 바로 곁에서 꾸르륵꾸륵 소리가 들려서 돌아보니 학생복 차림이 바닥에 쓰러져 있는데 목을 관통 당했는지 숨을 쉴 때마다 목에서 피가 뿜어져 나왔다. 신음 소리만 지하 감방 안에 들릴락 말락 새어나오고 있었다. 뒤돌아보면 쏘아죽이겠다고 소리지르는 게 들렸다.

"하나님, 살려주세요!"

아무 생각도 할 수 없었다. 그저 하나님 살려주세요, 살려주세요! 하고 빌고 또 빌었다. 쿵 쿵 쿵 다시 발소리가 들렸다. 상관이 돌아왔다.

"자, 다시 사격 준비! 너희들은 모두 총살이다. 발사!"

아직 총에 맞지 않은 사람들은 튕기듯 일어섰다. 나도 옆사람 뒷사람에 딸려 일어서다 뒤로 벌렁 넘어져 버렸다. 따앙따앙따앙. 푸욱푸욱푸욱. 사람들이 내 위로 쓰러졌다. 나는 정신을 잃었다. 얼마나 시간이 흘렀을까 뭔가에 짓눌려 있다는 느낌이 들었다. 찝찔하고 진득한 무언가가 입술을 타고 들어왔다. 눈도 몹시 따가웠다. 머리를 세차게 흔들었더니 내 위에 있던 뭔가가 툭! 하고 옆으로 떨어졌다. 머리를 관통당한 주검이었다. 함몰된 머리에서 줄줄 노란 물이 흘러내렸다. 나는 몸을 일으켰다.

"당신 살았소?"

쓰러진 사람들 무더기 속에서 숨소리보다 작은 목소리로 누군가 말을 붙여 왔다.

"다 갔소?"

침착한 목소리에 가슴이 좀 진정됐지만 두리번거리며 주위를 둘러보는 순간 나는 나도 모르게 두 눈을 질끈 감아버렸다. 총상을 입은 사람들이 콘크리트 바닥에 뒤엉켜 있었다. 서로 팔이 엮여 있는 상태라 죽어서도 자유롭지 못한 모양이었다. 엉긴 피로 채수통은 메워졌고 내 양팔 옆으로도 죽은 사람이 달려 있었다.

"정신 차리고 이리 오시오. 끈을 풀어줄 테니."

뒤를 돌아보니 내 머리가 그의 사타구니 속에 파묻혀 있었다. 정신을 차리고 보니 그의 사타구니와 내 상체 사이에 간격이 있었다. 자신에게 오면 뒤로 묶인 팔을 이빨로 풀어주겠다는 이야기였다. 나는 양쪽에 매달린 시체를 질질 끌면서 뒤로 가서 그의 앞에 도달했다.

"여기서 꼭 살아서 나가시오."

그렇게 당부하면서 내 손을 묶은 삼베 끈을 풀어내려 한참 애를 쓰던 손길이 갑자기 툭 멈췄다. 돌아보니 고개가 옆으로 떨궈진 채 죽어버렸다. 어깨 총상에서는 피가 흘러나오고 있었다. 끈을 풀려고 용을 쓰는 바람에 피를 더 흘렸는지도 몰랐다. 차가운 콘크리트 바닥에서 더운 김이 모락모락 올라왔다.

'히니님, 도내체 왜 이런 고통을 주시는 건가요?'

그 순간 하나님마저도 원망스러워 따져 묻고 싶었다. 아니 내 입에서는 원망이 쏟아져 나왔다.

'내가 이렇게 괴로운데, 하나님은 어디서 뭐를 하고 계신 건가요?'
'하나님은 이 끔찍한 일을 왜 보고만 계십니까?'
'하나님은 정말 있긴 있나요?'

원망이 솟아나니 나도 모르게 믿음이 뭉개지기 시작했다. 나는 흠칫 놀랐다. 내가 하나님의 존재를 의심하다니! 나는 바로 다시 하나님께 매달리며 기도했다.

'하나님, 살려주세요.'
'하나님, 살려주세요.'

기도를 하니 마음이 가라앉고 하나님이 나를 지켜줄 것이라는 믿음이 생겨났다. 찬찬히 보니 팔에 묶인 끈에 고리가 보였다. 그것을 잡아 빼니 쉽게 풀려버렸다. 그렇게 양쪽에 매달린 시체를 떼어냈다. 그리고 그 사람들을 되도록 반듯하게 뉘여 주었다. 죽어서라도 편히 가시라고…. 창밖을 보니 연기가 났다. 아직도 정치보위부원들이 바쁘게 왔다갔다 하고 있었다.

나는 이제 뒤로 묶인 끈을 풀어야 했다. 돌아보니 책상 위에 칼이 보였다. 간수가 쓰던 것이었다. 문제는 칼을 칼집에서 빼는 것이었다. 뒤로 묶인 한 손으로 칼집을 잡고 다른 한 손으로 손잡이를 잡았다. 그리고는 조금씩 조금씩 칼집에서 칼을 빼기 시작했다. 드디어 칼이 칼집에서 분리되자 나는 칼을 벽에 기대 세워놓고, 그 날에 삼베 끈을 문질러 끊을 수 있었다.

하지만 끈만 끊어진 게 아니라 손목도 다쳤다. 퉁퉁 부은 손목에 힘줄이 허옇게 드러났다. 드디어 두 손 두 발 모두 자유로운 몸이 되었다. 내 몸을 살펴보았다. 옷은 피로 흠뻑 젖었고, 긴 산발머리에는 피딱지가 덕지덕지 붙어 있었다. 누가 봐도 까무라칠 몰골이었다.

"죽봉아….'

귀에 익은 목소리였다.

"죽봉아, 나 좀 바로 누여다오."

규홍이었다.

"조금민 참아."

옆 사람과 묶인 끈을 풀어 주었다. 그리고 편안하게 머리를
옆에 죽은 사람의 몸에 얹어 주었다. 규홍이는 복부에 관통상
을 입었는지 앞으로 계속 장기가 쏟아져 내렸다. 나는 장기를
도로 밀어 넣어야겠다 생각하고 붙들어 잡았지만 그게 생각
처럼 되지 않았다.

"죽봉아, 우리 규옥이 잘 부탁한다."
"그래, 그래. 알았다. 일단 우리 같이 나가야지."

규홍이 동생 규옥이는 그 집의 외동딸이었다. 규홍이는 입
술이 새파랗게 변하더니 마지막으로 입술을 바르르 떨면서
그만 숨을 거두었다.

"여보, 나 좀 도와주시오."

달려가 보니 백의민족단 비서 엄두종이었다. 엄두종의 손

을 풀어주며 말했다.

"나갈 수 있는 길을 찾아봅시다."

하지만 엄두종은 스스로 시체 속으로 자신의 몸을 숨기고 말았다.

"이승만 박사님, 언제 오십니까?"
"남조선 군대는 어디서 뭘 하고 있는 거냐?"
"이놈들아, 죽이려면 어서 확 죽여라."

여기저기서 외침이 터졌다. 하지만 그 피맺힌 절규를 듣고 움직이는 사람은 오직 나 한 사람뿐이었다. 흘린 피는 바닥에 고이더니 방바닥에 패인 수챗구멍으로 흐르다 막혀서 2-3센티미터 두께로 흥건해졌다. 시간이 지나면서 고인 피는 응고되기 시작했다. 밟으면 곰발바닥처럼 자국이 남았다.

"죽봉아….."
"정학아….."

정학이는 수갑을 차고 있었다. 뒤로 찬 수갑은 아무리 풀려고 해도 풀 수가 없어 간신히 앞으로 돌려주었으나 끝내 풀어

줄 수는 없었다. 옆 사람과 연결했던 끈은 다 끊었다. 팔이 자유롭지 못하니 도망치기가 어려웠다. 이따 상황봐서 탈출할 때 꼭 같이 나갈테니 기다리라고 했다. 그 말 끝에 정학이는 서럽게 울기만 했다.

"우선 여기서 잘 기다리고 있어. 기회가 오면 데리고 나갈께."

바지 벨트가 없으니 피에 젖은 바지가 자꾸 흘러내렸다. 죽은 사람 가운데 한 사람의 바지 벨트를 빼서 바지를 조였다. 가만히 뒷문을 열어보니 잠겨 있었다. 창밖에서는 아직도 연기가 피어오르고 있었다. 밖은 아직 훤해서 섣불리 움직였다간 들킬 것만 같았다. 출입문 앞에 놓인 책상 뒤에 숨어있기로 하고 숨소리를 죽이고 가만히 앉아 있었다. 아직도 목숨이 남아 있는 사람은 간신히 소리만 질렀다.

그때 자물쇠가 열리지 않는지 망치로 자물쇠를 내리치는 소리가 들렸다. 이어 문이 열리는데 열린 문이 구석에 숨어 있던 내 앞을 막아서며 자연스레 나를 숨겨줬다. 나는 문에 난 옹이구멍으로 내다봤다. 보위부 간부가 도끼를 들고 출입구에 서서 소리를 질렀다.

"누구냐? 어떤 새끼가 죽여 달라 소리쳤어?"

살았는지 죽었는지 확인도 하지 않고 들고 들어온 도끼로 사람들 머리를 내리치기 시작했다. 그러더니 다시 장소를 옮겨서 나와 대각선 방향으로 가더니 똑같은 만행을 저질렀다. 옹이구멍으로 바라보던 나는 언제 방향을 돌려 내 쪽으로 올지 모른다는 생각에 등골이 오싹해졌다. 그때 마침 1미터 깊이의 페치카가 그와 나 사이의 시야를 완전히 막는 순간이 왔다.

나는 용기를 내어 재빨리 숨어 있던 문 뒷편에서 빠져나와 취조받았던 건너편 방으로 들어갔다. 이곳에는 1층으로 올라가는 계단이 있고 그 너머에 작은 문이 있었다. 문을 열어 보니 기왓장이 1미터 높이로 채곡채곡 쌓여 있었다. 기왓장을 조심스레 밟고 올라서서 다시 왼편으로 구부러진 복도를 끝까지 기어갔다.

바로 2층으로 올라가는 계단이 나왔다. 계단 아래 세모진 작은 공간이 있었다. 나 혼자 들어가면 딱 맞을 작은 공간이었다. 나는 그곳에서 말라붙어 덕지덕지 붙은 핏덩어리를 떼어내고 옷도 다시 추스렸다. 죽은 사람에게서 얻은 허리띠도 졸라 맸다. 저녁이 되어 주변이 깜깜해지기만 기다리기로 했다.

괴물처럼 만행을 저지르던 그자는 나중에는 정치보위부 내부를 다 돌아다니며 공중에 헛총질까지 하고 다녔다. 얼마나 시간이 지났을까? 주위가 어두워졌을 것 같았다. 숨을 죽이고 살며시 조심스럽게 기어 나왔다. 창문을 가리고 있던 거적을 밀어 넘어뜨렸더니 창밖으로 보이는 세상은 아직 사물을 식별할 수 있을 만큼 초저녁이었다.

좀더 어두워질 때까지 기다릴까? 주춤거리면서 고민하는데 머리 위에서 바지작 바지작 마른 장작에 불 붙는 소리가 났다. 2층을 올려다보니 2층 모든 창문에서 불꽃이 새어나오고 있었다. 이대로 있다가는 불에 타 죽을 판이었다. 하는 수 없이 창문을 넘어 밖으로 나왔다. 보위부 뒤편 문으로 나오니 앞에 논밭이 펼쳐졌다.

100미터 정도는 사방이 훤히 드러난 논둑길을 걸어가야 시내로 들어갈 수 있을 것 같았다. 그런데 논둑으로 향하는 길 옆 전봇대 앞에 나를 취조하던 정치보위부 간부가 윗옷 단추를 모두 풀어헤친 채 서 있었다. 권총도 아무렇게나 내리차고 다가오는 나를 무표정하게 바라보고 있었다.

50미터쯤 거리를 두고 다가갔을 때 왼쪽으로 논두렁 샛길이 보였다. 나는 태연스러운 척 발걸음을 돌려서 그곳으로 향했다. 힐끗 돌아보니 그는 모든 것을 포기한 모양으로 아무 움직임도 없이 허공만 바라보고 있었다. 한 20미터를 더 걷다가 나는 뒤도 안 돌아보고 달리기 시작했다. 죽을힘을 다해서….

5-4 알려야 한다

함흥시내는 며칠 새 더 엉망이 되어 있었다. 소비조합 창고 문이 열리고 약탈이 일어났다. 광목 필을 메고 뛰는 사람, 리어카에 물건을 싣고 가는 사람들로 난리였다. 세상이 참 무상하다 싶었다. 먹고살겠다고 발버둥치는 모습을 보며 나는 착잡했다. 그때 마침 하늘에서 부슬부슬 비가 내렸다.

'하늘도 우네.'

집으로 들어가는 골목이 깜깜했다. 전시라 불빛이 새어나가지 않도록 집집마다 담요로 창문을 가려놓았기 때문이다. 늘 잠겨 있던 대문이 열려 있었다. 문이 열려 있다는 것은 안에 어머니가 계시다는 것을 의미했다. 집 뒤로 돌아가니 중얼중얼 소리가 새어 나오고 있었다.

"내 아이의 영혼을 주께서 받아 주시옵소서."

어머니 기도소리였다. 나는 어머니 목소리를 듣는 순간 왈칵 목이 메어 왔다.

"어머니!"

멈칫 기도소리가 끊기는가 싶더니 다시 이어졌다.

"어머니! 나 죽봉이야."

기도소리가 다시 멈췄다.

"나야 나. 내가 살아 돌아왔어."

어머니가 뛰쳐나왔다. 나는 쓰러지듯이 어머니 품으로 와락 몸을 던졌다.

"오 주여."

어머니는 나를 보듬고 더듬었다.

"우리 아들이야. 진짜 우리 아들이 살아 돌아왔어…."

눈물의 모자상봉을 마치고 그간 이야기를 나누었다. 어머니는 내가 잡혀갔다는 사실을 동네 사람에게 들었다고 했다. 미친 듯이 찾으러 다니다 내가 정치보위부에 끌려 들어갔다는 걸 알게 되사 물어물어 정치보위부를 찾아갔다고 한다. 그때 정치보위부 건물에서는 불길이 치솟아 훨훨 타고 있었다고 한다. 어머니는 모든 걸 포기하면서 흐느껴 기도했다고 한다.

"자비로우신 하나님. 우리 죽봉이 영혼을 받아주세요…."

이야기를 나누는 중에도 어머니는 연신 내 얼굴을 쓰다듬었다. 머리카락에 붙은 피딱지를 뜯어내며 한숨을 쉬기도 했다. 나는 갑자기 허기가 몰려 왔다.

"어머니, 나 배고파."

어머니는 이 난리 통에 어디서 구했는지 김이 무럭무럭 나는 갈비탕 한 그릇을 차려왔다. 어서 먹으라고, 한 숟가락을 떠 입에 넣어 줬다. 그런데 그걸 씹어 삼킬 수가 없었다. 여러 날을 굶은 터라 몸이 음식을 받아들이지 못했다. 몇 숟가락 뜨는 시늉만 하는데 3일을 굶었으면 소화기관이 제대로 음식을 받아들이지 못한다면서 국물만 몇 숟가락 떠 넣어 주셨다.

"어머니. 이제 좀 자야겠어."

잠이 쏟아졌다. 그대로 고꾸라졌다. 얼마나 잤을까? 눈을 뜨니 어머니가 보였다. 내가 혹시 또 어찌 될까봐 내내 내 옆을 지킨 것이었다. 어머니는 내가 자는 동안 입었던 모든 옷을 아궁이에 집어넣고 새 옷으로 갈아 입혀주신 모양이었다. 어머니와 나는 다시 주북 과수원으로 피란을 갔다. 인민군으로 끌려갔던 형도 도망쳐 와서 헛간에 숨어 살고 있었다.

피란민들은 전쟁이 어찌 돌아가는지 바깥 정세에 귀를 기울였다. 소문으로는 점점 북쪽이 밀리는 형국이었다. 아주 가까이서 포격 소리가 들려오고, 벌써 인민군 행렬이 심포나 장진 쪽까지 퇴각했다는 설도 돌았다. 소문은 그저 돌 뿐, 가타부타 내색하는 사람이 없었다. 초여름에 시작된 전쟁이 늦가을에 접어들도록 길어지고, 앞을 모르니 모두들 불안할 밖에 없었다. 어찌 되었든 나는 다시는 전쟁의 소용돌이에 휘말리고 싶지 않았다.

막 저녁을 먹고 났을 때 심상치 않은 사람 소리가 들려왔다. 정치보위부 사람들이 여기까지 잡으러 온 것으로 착각하고 나는 캄캄한 밤중에 냅다 뛰어 집 뒤 복숭아밭으로 숨었다. 곧이어 어머니가 외치는 소리가 들렸다.

"죽봉아, 나와라. 국군이 들어왔어."

횃불 아래 온 마을 사람들이 다 모이자, 어느 군인이 나서 말했다.

"그동안 고생했습니다. 안심하십시오. 우리 국군이 함흥을 완전히 탈환했습니다. 이제 우리 국군과 유엔군은 장진을 탈환하기 위해 북상중입니다."

사람들은 일제히 소리를 질렀다.

"국군 만세!"
"국군 만세!"

다음 날 유상우라는 동문이 종군기자를 안내해서 이곳까지 찾아왔다. 정치보위부에서 저지른 학살사건에 대해 증언해 달라는 것이었다. 그 생지옥을 다시 들추어내는 게 고통스러웠지만 그 일을 증언할 사람은 오직 나 하나뿐이었다. 모두 다 처참하게 죽임을 당했고, 나만 혼자 거기서 살아남았기 때문이다. 원통한 죽음을 나 몰라라 묻어버릴 수는 없었다. 그일을 떠올리고 내 입으로 말해야 한다는 것은 새로운 고통이었다. 하지만 전쟁이 얼마나 처절한지 알려야 한다는 심정이나에게 증언하게 했다. 전쟁이 얼마나 잔인무도한 일인지 알려야만 했다. 나는 몸서리치며 종군기자를 따라나섰다.

반룡산에서 발굴 작업이 벌어졌다. 무너진 굴을 파내니 수많은 주검이 나왔다. 칠흑같이 어두운 밤, 영문도 모르고 골짜기로 끌려와 생매장당한 사람들이 하나 둘 주검이 되어 나왔다. 함흥을 비롯한 인근 감호소 기결수 그리고 나와 같이 불시에 끌려간 미결수들이었다. 땅바닥에 늘어놓은 주검 사이를 헤매고 다니는 사람, 주검 앞에 넋을 잃고 앉아 있는 사람, 사람들…. 종군기자들은 참혹한 학살의 현장을 사진에 담고 있었다.

정치보위부 지하실은 더 참혹했다. 불에 탄 주검은 누가 누구인지 형체조차 알아볼 수 없었다. 불에 탄 후에 부패가 시작되어 숨을 쉬기도 어려웠다.

"아이구, 우리 아들 어딨니? 에미가 왔다. 규홍아, 일어나 대답해 봐라."

나는 달려가 규홍이 어머니 손을 잡았다.

"규홍이 어머니!"
"아이구, 죽봉아! 우리 규홍이 못 봤니? 여기 누가 우리 규홍이가?"

나는 규홍이를 찾을 수 있었다. 규홍이는 내가 뉘어준 그 자리에 그대로 누워 있었다. 아주 처참한 모습이었다. 갈비뼈가 드러나고, 타다 남은 살에 구더기가 슬었다. 규홍이는 머리와 무릎 아래는 불에 타서 없어지고 가슴이 벌려진 채 몸통으로만 남아 있었다. 그나마 불에 타서 누군지도 모를 수많은 시체 가운데 유일하게 찾은 시신이었다. 규홍이 어머니는 손으로 구더기를 긁어내며 울부짖었다.

"아이구, 우리 애기. 아직 피어보지도 못한 우리 애기를 어느 놈이 이렇게 만들었단 말이냐?"

차마 눈 뜨고 볼 수 없었다. 살아 돌아온 내가 죄인이었다.

"그렇게도 착하더니, 대체 이게 무슨 일이더냐. 아이고, 우리 아들 생때같은 목숨 살려내라 이놈들아!"

5-5 그러나 아무도 총을 쏘지 않았다

국군이 들어온 10월 17일 이후, 온 식구가 집으로 돌아왔다. 오랜만에 온 식구가 한 집에 모여 있었지만 아직 심리적으로 안정되지는 못했던 시기였다. 그때 나는 어떻게 우리 집에 들어오게 되었는지 모를 소설책 한 권을 읽었다. 이광수의 《순애보》였다. 처음으로 접해 보는 낭만주의 소설에 나는 흠뻑 빠져버렸다.

이틀 반만에 통독을 하고 난 뒤에 나는 이렇게도 아름답고 풍성한 감정도 있구나 싶어서 잠도 안 자고 그 느낌에 빠져지냈다.

세상이 바뀌었다. 인민군치하에서 앞장서 일하던 사람들이 이제 부역자가 되었다. 빨갱이 부역자가 된 그들에게 직접 복수를 하는 사람들도 생겼다. 그동안 당했던 일을 똑같은 방법으로 되갚았다. 몽둥이찜질로 피 칠갑이 되게 사람을 두들겨 패고, 뼈가 동강 나는 일이 비일비재했다. 어느 동네에서는 부역자를 생매장하는 사건도 일어났다. 구덩이를 파게 시키고, 산 채로 그 구덩이에다 묻어버렸다. 원한이 원한을 불러온다는 걸 생각하지 못했던 것이다. 원한을 원한으로 갚는다면 악연은 절대 끝나지 않는다. 안타깝고 무서운 일이었다.

얼마간 지나고, 나는 성당 지하실을 다시 찾았다. 나를 취조하던 인민군 소좌는 어찌 되었을까 궁금했다. 그도 북쪽으로 따라 올라갔을까, 아니면 남아서 부역자가 되어 복수를 당했을까. '집에서 어머니가 해 주는 따뜻한 밥이나 먹을 일이지' 하며 쯧쯧 거리던 사람이었다. 논두렁길에서 망연자실 나를 바라보던 모습도 떠올랐다.

지하실로 내려갔다. 아직도 매운 내가 코를 찔러왔다. 이 자리에서 죽어간 사람들의 한이 스멀스멀 기어오르는 듯 을씨년스러웠다. 그을린 벽에 총탄 자국이 선명하게 보였는데 가만히 살펴보니 대부분 천정 바로 아래 박혀 있었다. 이상했다. 사람들이 앉아 있을 때 발포 명령이 있었고, 그 뒤 우르르 일어났었다. 그러니까 사람을 향해 제대로 겨눴다면 총탄 자국은 훨씬 아래쪽에 있어야 했다.

"오, 주여!"

나는 털썩 주저앉았다. 발포 명령이 떨어졌을 때 조준사격을 하지 않았다는 것을 안 순간이었다. 사람을 향해 아무도 총구를 들이대지 않은 것이었다. 아무리 악한 사람이라도 마음 한구석에는 누구나 옳은 마음을 갖고 있다는 것을 그때 알게 되었다. 누구든 하나님이 주신 목숨을 함부로 해치지 않는다. 그런데 어쩌다 미친 전쟁에 휘말리고, 사람들은 점점 미쳐가는 것이었다. 광기가 까닭 없는 증오를 부추기고, 증오는 다시 광기로 발산되었다. 결국 자신도 모르게 총을 겨누게 되고, 규홍이, 정학이, 엄두종…. 그리고 숱한 목숨들이 그렇게 갔다.

전쟁이 계속되는 한 이 일은 멈추지 않을 것이다. 비록 지금 살아있으나 언제든 닥칠 수 있는 일이다. 인민군 소좌나 나도 마찬가지였다. 깊은 한숨이 나왔다. 나는 무릎 꿇고 두 손 모아 기도했다.

"하나님, 여기서 죽은 목숨들을 거두어 주세요. 모두가 평화로울 하나님의 나라로 인도해 주세요. 제 친구 규홍이, 정학이, 엄두종 씨가 주님의 나라에서 영원한 생명을 누리도록 안아주세요. 그리고 이 미친 전쟁을 그만두게 도와주세요. 편견보다 무서운 게 오만이고, 오만보다 무서운 게 모르는 거라 했습니다. 악이 세계 속에 들어와 커지고 판을 쳐서 숨 막히게 하지 않도록 도와주세요. 이 땅의 지도자가 천심을 알고 현명하게 판단할 수 있도록 그에게 지혜를 주세요."

북쪽 정부는 평양에서 강계로 수도를 옮기고 수세에 몰렸다. 국군과 유엔군은 북쪽으로 계속해서 공세를 폈다. 서부는 청천강 북부와 초산에 이르렀고, 중부는 장진호, 동부는 압록강 혜산진까지 진격했다. 해가 가기 전에 전쟁이 끝날 것 같았다. 피란살이 집에서 모처럼 한가로운 시간을 보냈다. 네 식구가 둘러앉아 밥을 먹고, 한 방에서 잠을 잤다. 나는 그동안 깊이 감춰 두었던 소설책을 꺼내 읽고, 성경을 뒤적이기도 했다.

여호와는 나의 목자
아쉬울 게 없어라
푸른 풀밭에 누워 놀게 하시고
물가로 이끌어 쉬게 하시니
지쳤던 몸 생기가 넘치네
나 비록 음산한 죽음의 골짜기를 지날지라도
내 곁에 주님 계시오니 무서울 게 없어라
막대기와 지팡이로 인도하시니 걱정할 것 없어라

생사를 넘나드는
전쟁 속으로

모두들 갑판 위로 튀어 올라왔다. 멀리, 거무튀튀하게 땅이 보였다.

한숨을 떠나 하루 반낮을 돌려 닿은 곳 묵호. 나는 크게 숨을 들이마셨다.

산 설고 물길 선 저 땅에서 나는 또 새로운 길을 찾아가야 했다.

불끈 주먹을 쥐었다.

6-1 전차 소리

어느덧 11월 초, 한겨울로 접어들었다. 찬바람에 눈발이 날리고, 흉흉한 소문이 돌기 시작했다. 중국이 전쟁에 개입해서 전세가 다시 바뀌고 있다는 소문이었다. 장진으로 올라가던 미군 기갑부대 전차가 흥남으로 내려오는 게 보였다. 군장비를 가득 실은 차량도 줄줄이 내려갔다. 밤마다 전차 소리가 요란해서 세상이 다시 뒤집어질 거라고들 술렁거렸다.

'이제 또 어찌해야 하는가….'

나는 잠을 이루지 못했다. 그러던 어느 날, 뜻밖에 손님이 찾아왔다. 고등학교 1학년 담임이었던 박길봉 선생님이었다. 선생님은 돌아가는 정세에 대해 자세히 말해 주었다.

11월 24일, 극동사령관 맥아더 장군은 모든 전선에 총공세 명령을 내렸다고 했다. '종전을 위한 총공세' 명령으로, 병사들은 '크리스마스 대공세'라고 바꿔 불렀다. '어서 전쟁을 끝내고 크리스마스 파티는 고향에 돌아가서 하자'는 뜻이라고 했다. 총공세 명령이 떨어졌을 때 서부전선에는 미 8군이 청천강 부근에 포진했고, 동부전신에는 10군단을 투입했다.
그리고 그 중 일만삼천 명 정도의 미 해병 1사단을 장진호 서쪽 유담리에, 미 육군 7사단 병력 4,500명을 장진호 동쪽에 포진시켰다. 미 8군과 함께 낭림산맥을 넘어 서쪽으로 공격해 나가려던 계획이었다. 그런데 문제는 중공군이었다. 11월 25일, 장진호 근처에 숨어 있던 중공군 9병단이 총공격을 해 왔다. 며칠을 두고 벌인 교전에서 미 7사단은 반 넘는 부대원을 잃었다. 유담리에 있던 미 해병 1사단은 중공군에게 포위되어 고립무원에 빠지게 된 것이다. 만약 미 해병 1사단마저 궤멸될 경우 동부전선에 투입된 미 10군단 전체 병력의 운명도 장담할 수 없는 상황이 되는 것이었다. 그러자 맥아더는 미 해병 1사단에게 흥남으로 집결해 교두보를 만들라는 명령을 내린다. 공세에서 수세로 작전을 전환한 것이었다.

미 해병 1사단은 12월 1일 철수작전을 시작했다. 반경 125km의 인공호수 장진호로부터 흥남까지, 240km에 이르는 길이 유일한 루트였다. 해발 1,000미터에서 2,000미터까지 이르는 개마고원 지대는 산을 깎아 낸 아슬아슬한 급경사 길이었다. 게다가 11월 중순부터 몰아닥친 혹한으로 기온은 영하 40도를 오르내렸다. 겹겹이 포위망을 둘러싼 중공군은 밤이고 낮이고 가리지 않고 벌떼같이 달려들었다. 고난의 길이었다.

몰아치는 눈보라에 길이 얼고 의약품이 얼고 무기도 얼었다. 치료를 위해 상처 부위를 열면 그대로 얼어 동상까지 겹치는 혹한의 계절이었다. 거의 모든 병사가 동상, 괴질, 설사에 시달렸다. 자동차나 무전기의 배터리도 모두 얼어 작동하지 않았다. 전사자나 부상자를 제외한 병사들은 오로지 두 발로 걷는 수밖에 달리 방법이 없었다. 통신이 끊겨 전술적 통제가 무너지고 부대는 고립되었다. 1km를 전진하는 데 서너 시간이 소요되기도 했다.

사상자가 속출했지만 사단장 스미스는 '우리는 후퇴하는 것이 아니라 다른 방향으로 공격하는 것'이라며 병사들을 독려했다. 미 해병 1사단은 공군 전투기의 근접 지원까지 받으며 겨우 중공군의 포위망을 뚫고 탈출하는 데 성공했다. 12월 11일 저녁, 최종부대가 흥남에 도착하며 철수작전이 끝나게 되었다. 자신의 열 배에 달하는 12만 중공군의 포위망을 뚫고 흥남으로 철수한 것이다. 그 틈에 중공군의 남하를 지연시켰고, 서부전선에서는 미 8군이 중공군을 방어할 수 있었다. 하지만 피해도 컸다. 미 해병 1사단에서 3,600여 명이 전사했고, 비전투사상자도 5,000여 명에 달했다. 중공군의 전면적인 개입을 몰랐고, 개마고원의 혹한에 미처 대비하지 못해 일어난 일이었다.

맥아더는 흥남에 강력한 교두보를 마련하려던 계획을 돌연 취소하고, 동부전선에서 전면 철수하기로 결정한다. 흥남으로 집결했던 군대가 다시 38선 이남으로 퇴각하는 상황이 벌어진 것이다. 현황을 다 들은 어머니가 근심스럽게 말했다.

"장진호는 강계에서도 멀지 않잖아요."

"강계와 함흥 중간에 있는 호수지요. 강계가 북한의 임시수도니까 거기까지 갔던 모양입니다."

"조금만 더 올라갔으면 바로 전쟁이 끝났을 텐데…."

"말씀드렸다시피 이미 국군과 유엔군의 퇴각이 진행되고 있습니다. 평양도 벌써 북한의 수중으로 넘어갔고요."

"확실한 이야기겠지요?"

"저는 국군이 들어오기 전부터 사회나 학계에 역량 있는 청년들과 함께 함흥시 재건을 위해 계획을 세우고 있었습니다. 유엔군 정훈부와도 긴밀하게 지내며 많은 정보를 얻을 수 있었지요. 며칠 안에 흥남부두에서 곧 배가 뜰 겁니다."

"그럼 함흥도 다시 인민군 치하로 바뀌겠군요. 큰일났네요."

"그렇습니다. 그래서 찾아왔습니다."

"우리 죽봉이가 죽다 겨우 살아 돌아왔는데…."

"저는 국군 치하에서 치안을 담당하던 핵심 청년단원 스물네 명과 같이 국군으로 입대하기로 했습니다. 그래서 미 군용선을 탈 수 있어요. 그때 죽봉이도 데려가겠습니다."

"선생님, 우리 죽봉이는 이제 겨우 열일곱 살입니다."

"지난 일을 미루어 보건대, 인민군은 결코 죽봉이를 살려두지 않을 겁니다."

어머니가 탄식했다.

"오, 주여. 어찌 우리를 모른 체 하십니까. 어찌 이리 곤경에 빠지게 하십니까."
"남한 군대로 보내는 것이 그나마 죽붕이를 살리는 길일 겁니다."

어머니는 결정하지 못하고 망설였다. 나는 '앉아서 그냥 당하고 죽지는 말아야지' 하는 생각이 들었다. 더 이상 떨며, 숨어 지내고 싶지는 않았다. 나는 대뜸 나서서 말했다.

"어머니, 저 가겠어요. 선생님, 저도 데려가 주십시오."

> 눈을 들어 산을 보라
> 나의 도움 어디에서 올까
> 하늘과 땅을 지으신 여호와로부터 오리
> 네가 발을 헛디딜까, 여호와 졸지 않으시고
> 이스라엘을 지키시는 이, 항상 깨어 계시네
> 여호와는 너의 그늘, 네 오른편에 서 계시네
> 낮의 해, 밤의 달이 너를 해치지 못하리
> 모든 재앙에서 지켜 주시고 목숨을 지키시리
> 떠날 때도 돌아올 때에도 너를 항상 지켜 주시리
> 이제부터 영원히

6-2 밀가루 구름은 하늘에 날리고

"죽봉이, 어서 와라."

약속 장소로 나가니 선생님이 반겨주었다. 선배들을 소개시켜 주는데, 알고 보니 함흥에서 모두 사회활동가로 유명한 형들이었다.

"자, 어서들 타자. 이게 흥남으로 떠나는 마지막 군인트럭이다."

항구에 도착해 보니 바다에 큰 엘에스티LST가 떠 있었다. 밑칸에는 전차나 다른 군 장비를 싣고, 위칸에는 군인들이 타는 군함이었다. 선박 책임자는 우리를 곧바로 배에 태웠다. 갑판에 나가보니 시가지와 부두가 한눈에 들어왔다. 멀리 정유 공장, 카바이드 공장, 비료 공장이 있는 곳에서는 아직도 연기가 피어올랐다. 부두 밖에는 지프차, 군용트럭들이 즐비하게 늘어서 있었다. 군 장비들도 수북이 쌓여 있고, 한쪽엔 밀가루 포대가 산더미처럼 쌓여 있었다. 배에 타는 군인들도 보였다. 대개 부상당한 병사들이 많은 듯, 붕대를 감고 있거나 부축을 받기도 했다.
그런데 부두 철조망 밖에서 참담한 광경이 벌어지고 있었다. 헌병이 항구 안으로 들어오려는 피란민을 막아서서 마구 밀어내고 욕지거리를 뱉었다.

"우릴 죽일 겁니다. 제발 좀 태워 주세요."
"안 된다."

헌병들은 개머리판으로 피란민들을 밀쳐냈다. 피란민들은 피가 터지고 살이 터져도 포기하지 않았다. 고깃배가 됐든 뭐가 됐든 바다에 떠 있는 거라면 무엇이든 타고 떠나야 할 사람들이었다. 부두를 가로막은 철조망을 넘어오다 떨어지는 사람, 엘에스티 사다리를 기어오르다 떨어지는 사람들…. 차마 눈 뜨고 못 볼 일이 출항을 기다리는 며칠 동안 계속 일어났다. 박길봉 선생님이 혀를 차며 말했다.

"피란 갈 사람은 많고 탈 자리는 한정되어 있으니, 차마 못할 짓이다."
"우리 어머니랑 식구들도 여기 남아 계시니 걱정입니다."
"그래도 희망을 가져봐야지. 알몬드 군단장이 군 장비를 싣고 가는 대신 피란민을 더 태우기로 결정했으니."
"배가 더 와서 태워가는 건가요?"
"중공군이 코앞에 닥쳐있으니 그럴 시간은 없지. 지금도 가까스로 중공군의 남하를 막고 있는 중이다. 동해바다 함정에서 함포를 쏘고, 하늘에서 공중 폭격을 해서 시간을 버는 거지. 전세가 아주 다급하게 돌아가고 있어."

"그럼 많이 태우지는 못하겠네요."

"원래는 피란민을 실어갈 계획이 없었다고 하더라. 그런데 현봉학이라고, 미 10군단에서 통역을 하며 고문으로 일하는 사람이 있어. 그 양반이 간청을 했다더라. '여기 함흥에는 기독교인이 많다. 공산군이 다시 점령하면 그 사람들 목숨이 위험해진다. 그러니 피란민들을 제발 데려가자'고."

"우리 어머니도 위험해지실지 몰라요."

"미처 그 생각을 못했다. 미안하다. 처음엔 알몬드도 사오천 명 정도만 데려갈 작정이었는데 몰려든 피란민을 보고 마음을 바꿨다고 하더라. 우리처럼 마지막 날 떠나는 메러디스호는 적정 승선인원이 이천 명 정도인데, 자그마치 1만4천 명이나 태웠다고 하더라. 세기에 남을 만한 인도적 결정이지."

"다시 돌아올 수 있을까요?"

"그래야겠지. 이번에 고향을 등지고 떠나는 피란민이 무려 십만 명이니…."

12월 14일, 드디어 항구를 떠나는 날, 갑판 위에 올랐다. 멀어지는 흥남부두를 지켜보는 동안 차디찬 바람에 살이 에이고, 가슴이 시렸다.

'안녕, 안녕. 모두들 안녕….'
'하지만 기다려.'
'난 다시 돌아올 거야.'
'꼭….'

　마음속으로 읊조리는데, 폭격기 몇 대가 스치듯 부두 위로 지나갔다. 이어서 바로 폭탄 터지는 소리. 부두 밖에 늘어선 지프차 위로, 트럭 위로, 수북이 쌓인 군 장비 위로 폭탄이 비처럼 쏟아져 내렸다. 쾅. 쾅. 쾅. 밀가루 포대에도 포탄이 투하됐다. 흥남부두는 자욱한 밀가루 구름에 휩싸였다. 밀가루 구름은 뭉개 뭉개 피어올라 마침내 흥남 하늘을 가득 메웠다. 뿌옇게 하늘이 흐려지고, 내 눈도 뿌옇게 흐려졌다.

　'산다는 건 알 수 없는 길을 걷는 거야. 뚜벅뚜벅 나그네처럼 가는 거지.'

　나는 주먹 쥔 손등으로 눈가를 훔쳤다. 먼 바다로 나오니 너울에 배가 몹시 흔들렸다. 그러잖아도 불편한 속이 울렁거려 잠을 잘 수가 없었다. 뱃속에 든 쓴 물까지 다 토해냈다.

　"먹어라. 속이 치면 좀 나을 거야."

보다 못한 선배가 토마토 통조림 하나를 까 주었다. 하지만 나는 먹자마자 다시 토했다. 멀미에 시달리는 사람은 나뿐만 아니었다. 여기저기 난간에 매달려 헛구역질을 해대느라 난리였다.

"우리가 총알에 죽는 게 아니라 멀미에 죽겠는 걸."
"모세의 지팡이만 있다면 내가 바다를 갈라 길을 낼 텐데. 미안하오, 전우들."

한쪽에서 농담을 지껄였다. 그렇게라도 웃어보라고 던지는 말이었지만, 기진맥진해서 웃을 힘조차 없었다. 그렇게 밤이 가고, 아침이 밝아왔다.

"묵호다."

모두들 갑판 위로 튀어 올라왔다. 멀리, 거무튀튀하게 땅이 보였다. 함흥을 떠나 하루 밤낮을 달려 닿은 곳 묵호. 나는 크게 숨을 들이마셨다. 산 설고 물길 선 저 땅에서 나는 또 새로운 길을 찾아가야 했다. 불끈 주먹을 쥐었다. 나는 어느새 또, 푸시킨의 시구를 새기고 있었다.

삶이 그대를 속일지라도

슬퍼하거나 노여워 마라
슬픔의 날 참고 견디면
기쁨의 날 오리니
마음은 미래에 살고

'그래, 마음을 미래에 두고 살자.'

당시 묵호항은 수심이 낮아 엘에스티LST가 접안할 수 없었
다. 부두에서 500미터나 떨어진 외항에 닻을 내리고 수십 대
의 상륙선이 갑판 양쪽에 그물밧줄을 내리면 2-3천 명의 학
생과 일반인들이 하선해서 묵호 항구로 상륙했다. 10여 분
동안 상륙선이 심한 파도에 흔들려서 나는 마지막까지 혹독
한 배멀미에 시달리다가 상륙했다. 이날이 1950년 12월 24
일, 크리스마스를 하루 앞둔 날이었다.

6-3 뽀빠이 신발과 빨갱이

"엿 사려. 달고 맛있는 호박엿이요. 엿 사려."

난생 처음 발 딛은 남쪽 땅 묵호항에서 소년 엿장수를 보았다. 눈물 나게 반가웠다. 이평에 살 때, 한입 가득 엿을 오물거리며 썰매를 탔던 기억이 났다. 나무를 하러 갈 때도 엿을 한 조각 입에 물고 갔다. 북쪽 땅에서도 엿은 겨울철 군입거리로 최고였다. 친구들과 어울려 엿치기를 하던 기억도 떠올랐다. 금방 입에 침이 고였다. 나는 무작정 엿장수에게 다가갔다. 아주 앳되어 보이는 소년이 짤깍짤깍 가위를 치며 물었다.

"얼마치나 드릴까요?"

그런데 내 수중에는 북쪽 돈밖에 없었다. 주춤주춤 돈을 내밀었다.

"여기, 이 돈도 받니?"
"받아요, 받고말고요. 남쪽 돈이든 북쪽 돈이든 돈이라면 다 되고말고요."

소년은 솜씨 좋게 뚝뚝 엿가락을 잘라주었다. 과연 이 돈을 쓸 수 있을까 반신반의 하면서도 넣어가지고 온 게 잘한 일이었다. 배에서 내린 사람들이 우르르 엿장수에게 몰려들었다.

"자, 자, 자. 줄을 서세요. 줄을 서. 한 사람씩 한 사람씩. 둘이 먹다가 하나가 죽어도 모를 엿을 잘라 드립니다요."

목판에 한가득한 엿이 금세 동이 났다. 나는 한 조각을 떼어 입에 넣었다. 얼마나 달달하고 맛있는지 불쑥 힘이 나는 듯했다. 언제 내가 멀미로 다 죽어갔더냐 싶었다.

묵호초등학교 운동장에 모인 사람은 모두 삼천여 명이었다. 고등학교를 다니다 온 사람, 장사를 하다가 온 사람 등 고향도 나이도 사연도 모두 가지각색이었다. 그렇게 별의별 사람들이 다 모였으나 목적은 오직 하나, 군 입대였다. 군대에 갈 의무는 없으나, 스스로 입대를 원하여 거기 모인 것이었다. 나는 다행히 박길봉 선생님과 같은 중대에 배치되었다. 마음이 든든했다.

배치를 마치니 금강산도 식후경이라고 밥부터 먹여줬다. 반찬도 없는 주먹밥 하나가 전부였다. 주먹밥을 나눠 주던 아주머니가 내가 어려 안 돼 보였던시 슬쩍 짠무 한 쪼가리를 더 주었다. 허겁지겁 아주 달게 먹었다. 하사관이 군복에 모자, 신발까지 모두 방한복으로 내어주었다.

"이제부터 지급되는 군복으로 갈아입어라."
"그리고 각자 앉은 자리 앞에 소지품을 내어 놓도록 한다. 이 소지품은 잘 보관해 두었다가 전역할 때 돌려줄 것이다."

나는 입고 있던 털스웨터와 지갑과 칫솔 그리고 아끼던 스케이트모자만 빼고 모든 소지품을 내어놓았다. 새로 지급된 군복을 갈아입으니 영 어색했다. 훈련병이 되었다는 사실이 실감나지 않았다. 다른 사람들도 폼이 안 나기는 마찬가지였다. 군복을 입었으되 완전 오합지졸 같았다. 오합지졸 훈련병을 연병장에 집합시켜 놓고, 선임하사관은 일장 훈시를 시작했다.

"너희는 이제부터 군인으로 거듭나기 위해 몇 주 동안 이곳에서 군사훈련을 받을 것이다. 너희가 사회에서 노동자였건, 농민이었건, 학생이었건 또는 중견인물이었건 그런 것은 중요하지 않다. 여기서는 모두가 똑같은 훈련병일 뿐이다. 이전 것들을 다 싹 지워버리고 오로지 군의 규칙에 따라 훈련을 받도록 한다. 그리하여 조국 통일의 임무를 수행하는 데 기꺼이 목숨 바쳐 기여할 수 있는 군인이 되어야 한다. 한 사람 한 사람 모두가 최선을 다하여 훈련에 임하라. 알겠나?"

"넵, 알겠습니다!"

선임하사관의 비장한 훈시에 오합지졸 훈련병들이 우렁차게 화답했다. 일순 연병장에는 바짝 긴장감이 흘렀다. 코를 홀쩍이던 소리, 바지춤을 치켜 올리느라 바스락 대던 소리들이 멈추고 순간 정적에 쌓였다. 학교에서 군사훈련을 받을 때와는 전혀 다른 분위기였다.

'아, 내가 진짜 군대에 와서 군인이 되었구나….'

비로소 나도 비장해졌다.

"첫 번째 훈련은 제식훈련이다. 줄을 맞추어 명령에 따라 움직이는 훈련이다. 알겠나?"
"넵, 알겠습니다."
"지금부터 내가 '앞으로 가!' 하면 내 구령에 따라 왼발 오른발로 걷고, '뒤로 돌아서 가!' 하면 되로 돌아서 걷는다. 알겠나?"
"넵, 알겠습니다."

이런 것쯤은 누워서 식은 죽 먹기였다. 두 다리 멀쩡한데 앞으로 가고, 뒤로 돌아서 가는 게 뭐 어려울까 싶었다. 나는 맨 앞자리에 섰다.

"앞으로 가! 하나 둘, 하나 둘."

왼발 오른발 척 척 척 앞으로 걸었다.

"뒤로 돌아서 가!"

척하고 뒤로 돌아섰다. 그런데 앞사람 등짝이 아니라 가슴 팍에 딱 마주치는 거였다. 내 뒤를 따라오던 사람이 계속 '앞으로 가'고 있었던 것이다. 내가 작은 소리로 '뒤로 돌아서 가예요' 하니 엉겁결 뒤로 돌아섰다. 거기까지는 좋았다.

"저기, 저기. 셋째 줄 뒤에서 두 번째! 너 앞으로 나와!"

내 앞 사람이 불려나갔다. 선임하사관은 우선 몇 대 후려갈겼다.

"너가 왜 여기 나온 줄 아나?"
"넵, 부르니까 나왔습니다."
"이 새끼 지금 장난하나?"

퍽 퍽. 다시 몇 대 더 맞았다. 휘청거리는 몸을 가누는데, 제법 나이가 들어 보이는 사람이었다.

"모두 차렷! 쉬어! 지금부터 너희들은 이 병사가 하는 걸 본다. 알겠나?"
"넵, 알겠습니다."
"앞으로 가! 하나 둘, 하나 둘."

늦깎이 훈련병은 명령에 따라 앞으로 걸어갔다. 불안 불안해 보였지만 별 문제는 없는 것처럼 보였다.

"뒤로 돌아서 가!"

척 하고 돌아서서 걷는데, 여기저기서 킥킥 웃음이 터져나왔다. 아뿔싸, 그 사람은 왼발에 왼팔, 오른발에 오른팔을 올려 힘차게 젓고 있었다. 온힘을 다해서 너무나 열심히 하는데, 몸짓은 흡사 나무병정 같았다. 웃음소리에 긴장한 나머지 발걸음은 점점 더 꼬이고 결국 불호령이 떨어졌다.

"정신 못 차리나? 전장터에 나가서도 그렇게 하다간 바로 죽는다!"

조교가 뛰어가더니 다짜고짜 발로 걷어찼다. 비틀거리며 일어나자 이번에는 뺨을 냅다 후려쳤다. 코피가 터졌다.

"발가벗고 바닷물에 들어갔다 나와야 정신을 차리겠나?"

조교가 다시 으름장을 놓았다. 찬물을 끼얹은 듯 조용해졌다.

"들어가라. 그리고 정신 차리고 해라. 다시 이런 일이 생기면 단체기합이다. 여기 묵호 바닷물이 얼마나 짠지 맛보고 싶은 놈들은 정신 놓고 해도 된다. 알겠나?"
"넵, 알겠습니다."

아무리 전시 중이라지만 한겨울에 바닷물에 집어넣겠다니, 나는 설마 그럴까 의심했다. 그날 밤, 숙소에 돌아온 나무병정 아저씨는 아주 서럽게 울었다. 숨죽여 우는 소리를 들으면서도 나는 쏟아지는 잠을 어쩌지 못했다.
기상 소리에 깨어나 보니 난감한 일이 기다리고 있었다. 내 신발이 없어지고 아주 커다란 신발이 대신 놓여 있었다. 나는 유난히 발이 작은 편인데, 이건 내 발보다 두 사이즈나 큰 8문 신발이었다. 누군가 신발을 바꿔치기한 것이었다. 집합 명령이 떨어지니 할 수 없이 그 신발을 꿰어 신고 나갔다.

꽁꽁 묶어서 철푸덕거리지는 않았지만 걸음걸이가 제대로 될 리 없었다. 뽀빠이나 신을 신발이었다. 그런 걸 일주일이나 끌고 다녔더니 보다 못한 조교가 어디서 작은 신을 구해다 주었다. 훈련소에서 일어나는 일은 눈뜨고 지나봐야 알 정도로 체계나 규모가 없었다. 인제 어떻게 변할지 아무도 모르는 상황이었다.

"제대 하고 싶은 사람 앞으로 다 나와! 신체적으로 도저히 감당 못 하겠다 싶은 사람."

조교의 느닷없는 말에 늙수그레한 병사 100여 명이 앞으로 나갔다. 나무병정 아저씨도 나갔다. 그날로 그들은 전역을 했다. 그러고 2주일쯤 뒤에 다시 제대희망자가 있으면 나오라고 했다. 이번에는 젊은 축에 드는 사람들도 섞여 나갔다. 나도 사실 좀 망설여졌다. 훈련이라는 게 총 한 번 쏴 보지도 못하고, 허구한 날 우향우 좌향좌만 하는 것이 이게 군대 맞나 싶었다.

"이 빨갱이 새끼들. 조국 평화통일을 위해 몸 바친다더니 다 헛말이었구만."

조교는 제대희망자들을 실컷 두들겨 팼다. 내가 시험에 들지 않은 게 다행이었지만, 참 어처구니가 없는 시험이었다. 그날 밤, 잠자리에 들 무렵이었다. 술이 얼큰히 취한 선임하사와 조교 몇 명이 우리 방에 들이닥쳤다.

"아직도 갖고 있는 개인 소지품이 있으면 다 내어 놓아라."

박길봉 선생님이 두툼한 책을 한 권 꺼내놓았다.

"이게 무슨 책인가?"
"《니나뽀다뽀아》입니다."
"이 새끼야. 누가 책 이름을 묻는거야. 책 내용이 뭐냐고?"
"2차 대전 후 소련의 니나뽀다뽀아라는 사람이 영어권 사람들에게 러시아어를 가르치기 위해 만든 책입니다."
"뭐야? 이런 책을 갖고 있다니, 이 순 빨갱이 새끼 아니야?"
"아닙니다. 절대 아닙니다."

선임하사는 그 책을 갈기갈기 찢어서 버렸다. 그 책은 박길봉 선생님이 틈날 때마다 보던 책이었다. 하지만 선생님은 그를 말리지 못했다. 그들이 돌아가고 난 뒤 누군가 혀를 끌끌 차며 말했다.

"묵호시장에 내다 팔아먹을 거 다 팔아먹었나 보다. 또 뒤지는 걸 보니."

아무도 말을 잇지 않았지만 무슨 말인지는 다들 알고 있었다. 훈련병들이 들어오는 대로 소지품을 모아서 묵호시장에 내다팔고, 그 돈으로 술을 마신다는 소문은 이미 널리 퍼져 있었다. 다음 날 새벽, 선임하사 이하 조교들이 내무반 안으로 들이닥쳤다. 비상소집이라며 자고 있던 모든 훈련병들을 깨워서 옷을 홀랑 벗기고 운동장 눈 위에 엎드려뻗쳐를 시켰다. 집단 체벌을 가했던 것이다. 이날 우리는 쓰고 혹독한 훈련의 체험을 했다.

6-4 죽변으로 이동

일개 연대에 가까운 신병들을 5열종대로 세우니 끝도 보이지 않을 만큼 줄이 길었다. 죽변으로 향하는 국도에 늘어서서 걷기 시작했다. 1월 말이라 아침부터 내린 진눈깨비에 맞서 행군하는 일은 이제 갓 훈련을 마친 우리에게는 힘든 일이 아닐 수 없었다. 나는 도열한 줄의 제일 마지막 오른편에 섰다.

삼척을 지날 때였다. 오른쪽에서 "너!" 하고 부르는 소리가 들렸다. 힐끗 보니 장교 같은 분이 지프차에 한가로이 앉아 있었다. 나는 설마 나를 부르는 소리라고는 생각하지 못하고 계속 행군을 했다. 그때 다시 "이놈아!" 하는 소리가 들렸다. 다시 고개를 돌려 지프차 위의 장교를 바라보니, "너!" 하고 다시 나를 지칭하는 소리가 들렸다.

나는 계속 행군하면서 "저 말입니까?" 하고 물었다. 그랬더니 장교가 손짓으로 오라고 했다. 가지 않으면 차에서 내려 따라올 것 같았다. 행렬에서 이탈해서 장교에게로 갔더니 계급장이 말똥 세 개, 곧 연대장이었다. 연대장은 다짜고짜 물었다.

"너, 어디서 왔나?"
"묵호에서 오는 중입니다."
"이놈아, 묵호에서 오는 줄 모르고 물었나? 어디서 묵호로

온 거야?"

"함흥에서 왔습니다."

"함흥에서 학교는 어디까지 다녔나?"

"함흥 제일고등학교 1학년까지 수료했습니다."

"아, 함흥고부…. 뒤에 타!"

나는 하는 수 없이 지프차 뒷자리에 앉았다. 연대장은 내가 자리에 앉자마자 대공신호판과 536무전기를 나에게 던지며 퉁명스럽게 말했다.

"이제부터 너는 내 연락병이니 그리 알아라."

나는 아무런 대꾸도 못하고 어안이 벙벙해졌다. 그때였다. 통신병이 헐레벌떡 달려오더니, "사단장님 전화입니다."했다. 연대장은 지프차에서 뛰어내리더니 막사 안으로 들어갔다. 그 사이 저 멀리까지 걸어갔던 행렬에서 "죽봉이!" 하고 부르는 소리가 들렸다. 나는 연대장에게 받은 대공신호판과 무전기를 던져두고 행렬로 부리나케 뛰어갔다.

때마침 내리는 진눈깨비에 마지막 대열이 보일 듯 말 듯 흐릿했다. 숨이 차도록 뛰어가서 대열에 합류했다. 나중에 안 일이지만 그때 나를 연락병으로 불렀던 사람은 몇 년 전에 작고하신, 수도사단 1연대 연대장이었던 한신 장군이었다.

죽변 초등학교 교정에 도착하여 반을 편성하는데 나는 중대장의 연락병으로 발탁되었다. 그래서 훈련도 받지 않고 몇 주가 지났을 무렵, 혼자 방에 앉아 있으려니 궁금하기도 하고 갑갑하기도 해서 연병장에 나갔다.

연병장에는 트럭 몇 대가 대기하고 있었는데, 갑자기 모든 훈련병이 트럭에 타기 시작했다. 그때였다. 박길봉 선생이 한 트럭 위에서 나를 불렀다. 나는 아무런 생각 없이 그 트럭에 올랐다. 훈련병 모두 삼척으로 간다고 했다. 나는 소지품도 갖고 있는 것이 없는지라 중대장한테 보고도 없이 삼척으로 따라간 것이었다.

트럭은 삼척으로 향하다가 옥계로 방향을 틀었다. 곧이어 우리는 옥계의 한 작은 마을에 도착했다. 이곳에서 하룻밤 지내고 나니 다시 부대를 편성하는데 나는 동창이자 친구인 도지훈과 함께 수도사단 26연대 2대대 3중대 3소대로 배속받았다.

비로소 군인으로서 내 소속이 정해졌다. 계급장은 없었지만 M1소총을 지급받았다. 처음 만져본 소총은 너무 무거웠다. 총기 다루는 법을 배우는데, 어찌나 무겁던지 질질 끌고 다닐 지경이었다. 그날 밤 우리는 어느 민가 콩나물시루 옆에서 잤다. 한번 쏴보지도 못한 총을 들고 야전에서 밤을 보낸 것이다. 군인이 된 첫날밤은 그렇게 보냈다.

옥계에서 다시 바닷길을 따라 십 리를 가니 강릉 서쪽이었다. 여기에서 진군을 멈추고 방어망을 구축했다. 일이 끝나고 저녁밥이 도착하자 나는 허겁지겁 몇 숟가락을 퍼 넣었다. 그런데 이상했다. 아무도 밥에 손을 대지 않았다. 그때 일등병이 나를 보고 말했다.

"이 밥은 우리 분대 아홉 사람이 나눠 먹을 밥이다. 지금 분대장님 들어오길 기다리는 중이다. 우리는 살아도 같이 살고, 죽어도 같이 죽는 전우다."

나는 부끄러웠다. 전우라는 말을 들으니 '나는 이제 군인이구나.' 하고 실감이 났다. 전선에 배속되고 이틀째 되던 날, 우리 부대는 강릉비행장 서북쪽에 방어망을 구축했다. 남쪽으로는 솔밭이 펼쳐졌고, 그 오른편으로는 해안가로 연결되어 있었다. 선임하사가 말했다.

"김죽봉, 너는 저기 100미터 밖 소나무 아래 초소를 맡아라. 적군이 나타나면 즉시 상황을 알리는 것이 네 임무다. 만일 적으로 의심되는 자가 나타나면 총 두 발을 쏘고 본 방어선으로 후퇴하라. 알겠나?"
"넵, 알겠습니다."

그곳은 전선 중에서도 최일선의 자리였다. 배운 것도 있고 몸도 날쌔 보인다고 나를 그 자리에 배치한 것이었다. 초소 자리에 가서 참호를 파고 앉았다. 멀리 비행장이 훤히 보였다. 어느덧 땅거미가 내려앉았다. 총을 쥔 손에서 서서히 힘이 빠지는데, 달이 떠올랐다. 마침 보름달이었다. 강릉비행장 솔밭에 내린 달빛이 눈부시게 빛났다.

파란 밤하늘에서 눈 덮인 흰 들판으로 너울너울 달빛이 내리고 있었다. 적막강산에 선 듯 황홀했다. 그런데 그때 북쪽 어디선가 희미하게 소리가 들리는 듯했다. 이게 무슨 소린가 싶어 귀를 쫑긋했는데, 만세 만세 하는 소리 같기도 했다. 옆 참호로 달려갔다. 옆 참호는 텅 비어 있었다. 다시 그 옆 참호로 갔다. 역시 텅 비어 있었다. 직감적으로 모두 후퇴했다는 걸 알았다. 그때 참호 왼쪽 야산에서 뚜렷하게 소리가 들려왔다.

"만세, 만세, 만세. 인민군 만세!"

그렇다면 강릉비행장이 함락되었다는 이야기였다. 나는 소대본부가 있는 마을 쪽으로 방향을 잡고 달리기 시작했다. 그때 바로 내 오른편 솔밭에서 웅성거리는 소리가 들렸다. 불과 50미터 거리였다. 흰색으로 위장했으나 훤한 달빛에 그대로 드러나 보였다. 소대병력쯤 되는 듯했다. 나는 재빨리 몸을 돌려 뛰었다.

"정지. 누구냐?"
"까마귀!"
"이 새끼야 이 밤중에 까마귀가 어디 있어?"

나는 얼른 1미터쯤 되는 높은 콘크리트 원형 우물 뒤로 몸을 숨겼다. 까마귀 암구호에 대답은 여우였다. 흰색 무리는 적군이 분명한 것이었다. 아니나 다를까 내가 몸을 숨기는 동시에 두두두둑 사격을 가해 왔다. 찰나였다. 가까스로 부대본부로 돌아오니 아무도 없었다. 나는 해안을 타고 남쪽으로 내려가면 국군을 만날 수 있을 것 같았다. 그래서 뒤편 언덕으로 올라갔다. 그런데 거기에도 벌써 인민군이 진격하고 있었다. 한 5미터를 사이에 두고 나는 인민군과 맞닥뜨렸다.

"너 누구냐?"
"국군이다."

바로 두르륵 총알이 날아왔다. 나는 돌아볼 틈 없이 바로 남쪽으로 뛰어갔다. 인민군은 내가 죽었는지 살았는지 확인도 안 하고 지나가 버렸다. 얼떨결에 국군이라고 대답해서 또 한 번의 죽을 고비를 넘긴 것이었다. 그 인민군이나 나나 아직 군인이 덜 된 사람들이었던 것이다. 다시 혼자가 되니 달리 어찌할 방법이 없었다. 무작정 언덕 위로 올라갔다. 훤한 보름달 아래 걷는데 저 만큼 솔밭이 보였다. 나는 직감적으로 저기 우리 국군이 숨어있을지도 모르겠다는 생각이 들었다. 가까이 다가갔다.

"손들엇!"

흰색 무리 인민군들이 나를 에워쌌다. 꼼짝없이 포로가 되었다. 가까이 보니 그들은 흰색으로 위장한 게 아니라 바지저고리차림이었다. 참 인민군도 군대가 군대가 아니구나 싶었다. 무장해제를 시키더니 다음에는 내 몸을 수색했다. 인민군 하나가 철모 속에 눌러쓴 모자를 벗기며 물었다.

"야, 이 모자는 뭐야? 이거 좋은데."

나는 그냥 벗어주었다. 다음에는 인민군 장교가 다가와서 수색을 했다. 주머니에 들었던 미제 칫솔을 꺼냈다.

"쫄병이 이런 걸 갖고 다니면 안 된다."

스윽 자기 주머니에 넣었다. 그러고는 가슴팍에 넣어둔 지갑마저 찾아내자 나는 가슴이 철렁 내려앉는 듯했다. 거기에는 함흥시에서 발급한 출생증명서나 학생증, 서울 이모네 주소가 적힌 종이 들이 들어있었다.

"야, 이 따위가 다 뭐가?"

인민군 장교가 그것들을 머리 위로 들어 달빛에 비춰보았다.

'아이쿠, 나는 이제 죽었구나.'
"이 따위 쓸데없는 건 고저 날래 찢어 버려야디."

인민군 장교가 서류를 쫙쫙 찢어 휙 던져버렸다. 때마침 불어온 바람에 출생증명서도 학생증도 서울 이모네 주소도 훨훨 날아가 버렸다. 장교는 가죽지갑만 챙겨 넣었다.

'하나님, 감사합니다!'

나는 일선에 나와 총 한 번 쏴 보지 못하고 포로가 되었다. 하지만 어머니 부탁대로 천심만은 아직 지키고 있었다.

6-5 허연 옷의 할머니

인민군은 계속해서 남쪽으로 진격해 내려갔다. 국군으로 치면 1.4 후퇴로 다시 밀리는 상황이었다. 나처럼 포로가 된 사람은 모두 다섯 명이었다. 일렬종대로 줄줄이 엮여서 인민군 대열을 따라갔다. 문성포구를 오백 미터쯤 앞두었을 때 갑자기 앞에서 기관총 사격으로 총알이 마구 날아왔다.

"모두 오른쪽 고지로 올라가라!"

오른쪽 고지로 방향을 돌려 뛰는데 거기에는 넓은 수로가 있었다. 얼음이 단단하게 얼지 않아서 물에 텀벙 빠져서 건넜다. 600미터 고지에 올라갔을 때 인민군은 능선에 방어선을 구축하고 호를 파기 시작했다. 포로들은 앉아서 그들이 하는 양을 지켜보았다. 그렇게 시간이 흐르자 솜을 누빈 바지가 뻣뻣하게 얼었다. 다리가 굽혀지지 않을 정도로 추웠다. 점점 동상에 걸린 듯 발가락이며 다리에 감각이 없어졌다. 장진호 전투에서 동상으로 사망자가 많았다는 이야기도 떠올랐다. 이때 돌연 누군가 소리쳤다.

"쌕쌕이다."

머리 위에서 국군 정찰기가 두어 번 회전하고 사라졌다.

"모두 참호 속으로 들어가라."

참호 속에 들어가자마자 동해 쪽에서 전투기 세 대기 날아왔다. 전투기는 우리 위로 낮게 날면서 기관총을 마구 퍼부었다. 번쩍번쩍 섬광이 튀어 올랐다. 네이팜탄은 땅에 떨어지자 수십 개의 불덩어리가 되어 주위를 뒤덮었다. 세 대의 전투기가 번갈아 가며 이렇게 폭탄세례를 퍼부으니 정신을 차릴 수가 없었다.

'이때다. 뛰어 도망치자.'

내가 포로들에게 눈짓했다. 잡힌 포로들에게 미군전투기가 기수를 돌려 사격할 때 3미터밖에 안 되는 거리의 남쪽 능선으로 도망가자고 하니 다른 포로들은 이젠 죽었다 하고 코를 눈 속에 박고 움직이지 않았다. 3대의 전투기가 사격을 가하고 하늘로 올라가서 기수를 돌려 다시 사격하는 사이가 약 5분 간격이 있었다.

그때 우리 바로 앞 참호에 몸을 숨기고 있던 소대장이 일어나 우리를 쳐다봤다. 하지만 그때 바로 미군전투기가 기수를 돌려 기총사격을 시작했다. 고개를 숙인 채 눈만 들어 살펴보니 인민군들도 참호에 머리를 박고 있었다. 나는 혼자 일어났다. 죽을힘을 다해서 남쪽으로 뻗은 능선을 넘었다.

일단 능선을 넘고 나니 꽁꽁 얼었던 솜옷바지가 썰매처럼 미끄러웠다. 비탈길에 거칠 것 없이 한동안 미끄러져 내려갔다. 그렇게 한참을 미끄러져 내려가다가 무엇인가에 부딪혀 구겨 박혔다. 정신을 차리고 보니 몸이 부딪힌 곳은 한 농가의 싸리 울타리였다. 족히 100미터는 미끄러져 내려온 것이었다.

처음 몸을 던져 출발했던 산 위를 올려다보니 세 번째, 네 번째 공습으로 산 위 능선은 불바다가 되어 있었다. 네이팜탄을 투하한 것 같았다. 네이팜탄은 20-30미터 높이로 불기둥이 솟는 위력적인 포탄이다. 거기에 기총사격과 로켓포탄 사격으로 산 능선이 도랑처럼 패이고 갈라져 있었다.

여기서 다시 남쪽으로 50미터 지점의 언덕을 넘어야 국군이 배치된 방어선이 있었다. 거기까지는 눈덮인 논밭이었다. 일어나서 걸으려 하는데 발이 안 떨어졌다. 지독한 동상으로 걸을 수가 없었다. 하는 수 없이 포복으로 건너편 언덕 기슭까지 기어오르니 언덕 위에 흰 한복을 입은 할머니가 자기에게 오라고 손짓하고 있었다.

'사람인가, 귀신인가?' 이 난리 통에 거짓말처럼 하얀 옷을 입고 서 있는 할머니가 한두 발자국씩 다가오면서 빨리 오라

고 손짓을 하니 분명 귀신은 아니었다. 나는 마음속으로 하나
님께 물었다.

'주여, 저를 구하러 보낸 천사가 아닌가요?'

언덕 위에 다다르니 할머니는 나를 부추겨 일으켜 세우며
혼잣말을 했다.

"내 아들아, 어디 가서 이런 참사를 당하고 왔니?"

할머니는 나를 언덕 아래 작은 움막으로 데리고 갔다. 그곳
에서 할머니는 국군이 바로 언덕 아래 있으니 안심하라고 하
시며 얼어서 부서져내릴 것 같은 내 아랫도리를 벗겨서 화로
위에 널어주셨다. 또 꽁꽁 얼어버린 방한화도 벗겨서 양말과
함께 말려주셨다. 그 사이 뜨끈한 시래기국을 한 사발 갖다
주어 들이키고 나니 얼어버렸던 몸이 나른하게 녹아내렸다.
정성어린 할머니의 보살핌에 안정을 되찾고 옷도 신발도
모두 말려 입고 신게 되었다. 또, 배고플 때 먹으라며 볶은 옥
수수와 콩을 내 바지 양쪽 주머니에 가득 채워주셨다.

부대에 돌아가니 전체 32명 중에 16명이 돌아와 있었다.
나머지 16명은 어떻게 되었는지 알 수 없었다. 돌아온 사람

들도 모두 얼이 빠진 듯 거의가 무장해제된 상태였다.

"총은 어딨나? 총을 잃어버리면 총살인 거 모르나?"

대대장이 호통을 쳤지만 그나마 살아온 군인을 죽이지는 않았다. 대대의 병력을 다시 재편성하고, 다음 작전이 우리를 기다리고 있었다.

6-6 고향 동무

양양을 탈환하고, 양양 서쪽 마을 작은 농가에서 잠시 쉬고 있을 때였다. 어디선가 옥신각신하는 소리가 들렸다. 눈을 돌려보니 한 소대원이 어디서 큰 송아지 한 마리를 끌고 오는 것이었다. 소대원 옆에는 농사꾼으로 보이는 사람이 고삐에 매달리다시피 따라오고 있었다.

"이 송아지는 우리 집에 하나뿐이 없는 송아집니다. 장차 우리 집 일꾼이 될 송아진데 이리 잡아가믄 안 됩니다. 농사는 누가 지으라고요."
"나라가 있어야 농사도 짓는 것 아니오? 지금 나라가 위태로운 상황에서 헌납하시오."

농사꾼은 고삐를 부여잡은 손을 놓고 주저앉아 버렸다.

"아이고, 이를 어째. 이를 어째."

체념한 듯 맥없이 중얼거렸다. 소대원은 뒷마당으로 송아지를 끌고 갔고 잠시 후 우리 소대원들은 큰 솥에 송아지를 삶아서 나누어 먹었다. 송아지도 불쌍하고 농사꾼도 안되있지만 허기진 배는 고기를 마다하지 않았다. 참 서글픈 현실이었다.

　다시 출동명령이 떨어졌다. 밤새 행군해서 해질 무렵 원주에 도착했을 때 국군의 병기창고가 후퇴하는 인민군에게 습격을 당해서 꽁꽁 언 국군 전사자를 보았다. 자다가 습격을 당했는지 그 모습 그대로 얼어서 죽은 처참한 모습이었다. 우리 부대는 홍천을 지나 동해로 올라갔다. 몇 개월 동안 벗지도 씻지도 못한 양말이 땀과 기름에 절어 신발 속에서 미끌거렸다.

　물집이 잡혔다가 터진 데서 진물이 흐르고 피가 났지만, 행군은 계속됐다. 드디어 해금강을 눈앞에 두고 고성에 입성했다. 여기서 조금만 더 올라가면 원산이고 거기서 조금만 더 올라가면 함흥평야가 펼쳐진다. 생각만으로도 가슴이 벅차올랐다. 그동안 겪은 고통과 슬픔이 다 날아가는 것 같았다.

　그런데 어쩐 일인지 다시 설악동으로 후퇴하라는 명령이 내려졌다. 참 기막힌 일이었다. 우리 부대는 속초에 잠시 머물다가 설악동을 거쳐 오색약수로 방향을 잡았다. 오색약수 터에서 대청봉으로 올라가는데 길이 얼마나 험한지 이만저만 고생이 아니었다. 눈이 한 자나 쌓여 머리가 나뭇가지에 툭툭 걸렸다.

　게다가 가파르기는 또 어찌나 가파른지 한 발짝 올라가면 두 발짝 미끄러지는 형편이었다. 자정이 되어서야 대청봉에 올랐다. 정상 능선을 넘어 한참을 가니 절이 하나 보였다. 우뚝 솟은 바위 아래 자그만 절이었는데, 어찌 이런 곳에 자리를 잡았나 싶게 기이한 풍경이었다. 마침 배가 고파 깡통에다 밥을 지어먹는다고 부산스러울 때였다. 느닷없이 철모도 안 쓴 군인이 뛰어오며 외쳤다.

"후퇴하라. 중공군이 온다."

백 미터 전방까지 중공군이 떼로 몰려오고 있다는 소식이었다. 1연대 군인들은 이미 다 후퇴했고, 자기가 마지막 남은 장교라며, 빨리 남쪽으로 후퇴하라고 했다. 장교는 말을 마친 뒤 뒤도 안 돌아다보고 쏜살같이 남쪽으로 뛰어갔다. 우리도 능선을 타고 대관령 쪽으로 후퇴하기 시작했다. 진부령에 도착하니 어느새 땅거미가 내리기 시작했다.

곧 칠흑 같은 밤이 닥쳐왔지만 우리는 계속 걸었다. 밤새껏 걸어서 노인봉을 지나고 횡계에 도착하니 뿌옇게 동이 터 올랐다. 새벽빛에 드러난 횡계가 허허벌판 같았다. 타고 남은 주춧돌 위에 소복이 쌓인 눈이 햇살에 반짝거리고 있었다. 이런 게 전쟁이라니, 참 어린애 장난도 아니고 이게 뭔가 싶었다.

"이동, 이동이다."

잠시 쉴 틈도 없이 다시 이동 명령이 내려졌다. 이번에는 횡계에서 오대산 남쪽으로 들어가는 길목 파랑재까지 가야 했다. 설악산에서 여기까지 오는 동안 한 번 쉬지도 못하고 밥도 못 먹은 상태라서 몹시 지치고 허기졌다. 하지만 또 하루 종일 걸었다. 또다시 땅거미 지질대는 저녁이 되어서 겨우 파랑재에 도착했다. 금세 달이 떠올랐다. 달빛에 눈쌓인 골짜기가 다시 훤하게 밝아왔다.

"저 앞에 보이는 마을이 우리의 최종 집결지다. 그런데 저기로 가기 위해서는 강을 하나 건너야 한다. 우리는 한 사람도 낙오되지 않고 모두 무사히 저 강을 건너갈 것이다."

선임하사가 다시 나를 보더니 일렀다.

"김죽봉, 너는 제일 영리하니까 맨 뒤에 따라와라. 한 사람도 낙오자가 없도록 하는 것이 너의 임무다."

3월 말경이라 얼음이 풀리면서 물이 불고, 바닥에는 얼음이 남아있는 상태였다. 신발과 바지를 벗어 머리에 이고 강으로 들어갔다. 진저리가 쳐지고 다리가 마비되었다. 나는 소리도 지르지 못하고 이를 악물었다. 강을 건너 바지를 입고 신발 끈을 묶고 일어섰다. 그런데 주변에 아무도 보이질 않았다. 내 키를 넘게 자란 갈대가 시야를 가렸지만 두리번거리며 소대원을 찾았다.

하지만 그새 다 어디로 사라져 버렸는지 조용하기만 했다. 나는 갈대밭을 헤치고 나와서 강을 따라 북쪽으로 방향을 잡았다. 그쪽으로 가면 만날 수 있을 것 같았다. 한참 가다보니 큰 바위가 길을 막고 서 있었다. 왼쪽으로는 물이 불어 갈 수 없고, 천상 바위를 넘어서 가는 길밖에 없었다. 막막했다. 바위 아래 앉아 어떡하나 생각하고 있는데 바위 위에서 두런두런 사람 소리가 들렸다.

가만히 올려다보니 바위 위에서 세 사람이 있었다. 그들도 길을 찾는지 바위 아래를 내려다보며 서성대고 있었다. 모두 미군 야전재킷을 입었는데, 그 중 한 사람은 인민군 장총을 메고, 다른 사람은 국군 칼빈총을 메고, 또 한 사람은 총도 없었다. 혹시 국군이 아닐까 싶어 조심스럽게 물었다.

"당신들 누구요?"

내 물음에는 대답도 없이 한 사람이 물었다.

"당신은 왜 거기 혼자 앉아 있소?"
"길이 막혀서 못 가고 이러고 있소."
"그럼 우리가 손을 잡아줄 테니 이리 올라오시오."

가까이 다가가 보니 분명 인민군이었다. 나는 바위를 딛고 올라가는 척하다가 다시 오던 길로 돌아섰다. 그러나 뒤에도 수많은 사람들이 있었다. 어스름한 달빛에 뭔가 움직이는 게 보였는데 커졌다 작아졌다 하는 것이 마치 어덕서니 같기도 했다. 그날 새벽은 안개가 너무 짙게 끼어서 무리지어 오는 사람들도 상반신만 보일 정도였는데, 그들은 야음을 틈타서 북쪽으로 퇴각하는 인민군들이었다.

"해방된 동지! 놀라지 마시오. 우리는 동지를 죽이려고 하는 군인이 아니오. 그동안 얼마나 고생이 많았소? 동지도 이제 우리와 같이 위대한 조국통일의 전선에 뛰어 들기를 바라오."

인민군 장교가 보인 관대한 태도에 나는 어안이 벙벙해졌다. 갈피를 못 잡고 있는데 장교가 다시 물었다.

"동무는 고향이 어디오?"
"부, 부산이요."
"오, 그렇구만. 마침 여기도 부산 출신 동지가 있소. 어이, 길상 동무. 이리 오라."

길상 동무가 뛰어왔다.

"길상 동무, 오늘 밤 해방된 이 동지의 고향이 부산이라 하오. 동무가 곁에 붙어서 잘 지도하고 다니기 바라오."

길상 동무는 무척이나 반가워했다. 그때부터 우리는 찰싹 달라붙어 지냈다. 이 부대는 대구 팔공산까지 진격했다가 후퇴를 하는 중이라고 했다. 정찰기를 피해 밤에만 능선을 따라 이동하고, 낮에는 주로 잠을 자든가 민가에 내려가 음식을 구하며 북으로 이동중이었다. 그날도 아침이 되자 행군을 멈추고 각자 바위틈으로 기어들었다. 길상 동무는 나를 당겨 외진 곳으로 데려갔다.

"니, 배낭에 든 게 뭐꼬? 함 열어봐라."
"비상식량으로 시레이션이 들어있다."
"와, 참말로. 남조선 군대는 이런 것도 주나? 어디 내도 한 번 묵어보자."

길상이가 맛있게 참치 통조림을 따서 먹었다.

"거, 또 뭐꼬?"
"이건 스웨터다. 어머니가 짜준 거다."

함흥에서 내려올 때부터 입고 온 스웨터에 서캐가 슬고 이가 득실거려서 도저히 입을 수가 없었다. 집에 있을 때는 화롯불에 스웨터를 털어내고 입었다. 화롯불에 떨어진 이가 톡톡 튀는 소리를 들으면 고소한 마음까지 들었었다.

　그런데 지금 이곳은 화롯불도 없고 여유도 없는 전쟁 통이다. 입을 수는 없어도 버릴 수도 없는 것이어서 배낭에 뭉쳐 넣어두었던 참이었다. 추운 것보다 가려운 것 참기가 더 힘든 시절이었다.

　"참말로 따시게 생겼네. 이것만 입으믄 을매나 좋을꼬?"
　"그럼 너 가져라."
　"고맙데이."

　길상이는 그 자리에서 스웨터를 입었다.

　"그런데 니는 부산 어디서 살았드노?"
　"염주동."

　나도 모르게 순간적으로 생각해 낸 이름이었다.

　"그래? 거가 바로 중앙방송국 있는 산동네 아니드나? 맞제? 내는 다리 건너 영도다, 영도. 전쟁 끝나고 해방되믄 우리 함께 고향 가재이."

"그래."

"근데, 니 말투는 어찌 그렇노? 억수로 이상하네."

나는 속이 뜨끔했지만 다시 둘러댔다.

"선쟁 전에 서울 살다가 부산으로 피란 갔는데 거기서 징병을 당해서 그렇다."

얼렁뚱땅 대답에 더 이상 꼬투리를 잡지 않았다. 참치 통조림과 스웨터가 그를 기분 좋게 해 준 까닭도 있었다. 길상이와 나는 그 일이 있은 후 더 친해졌다. 엄밀히 말하자면 감시자와 포로 신분이었지만 길상이는 그냥 남쪽나라 또 다른 고향의 동무였다.

길상이가 식량을 구하러 마을에 내려간 사이에 나는 골짜기에 앉아서 기다렸다. 혹시라도 내가 도망칠까봐 데리고 가지는 않았다. 인민군 병사 중에도 돌아오지 않고 도망치는 사람들이 더러 있었다고 했다. 밤에만 이동을 하는 일은 그만큼 힘들었고, 사기가 떨어지는 일이었다.

그날도 나는 혼자 앉아 있었다. 길상이가 식량을 구해 오기를 기다리고 있었는데, 그때 갑자기 양쪽 능선에서 총성이 울렸다. 인민군 병사들은 봉우리로 뛰어 올라갔다. 나는 얼른 바위틈으로 피했다. 이윽고 총성이 멎자 살그머니 나왔다.

"너, 해방된 인민군 동지가 아니냐?"

어디서 나타난 장교가 물었다.

"맞습니다."
"너는 왜 산꼭대기로 올라가지 않았나?"
"길상 동무가 기다리라고 했습니다."

장교가 앞서 산꼭대기로 뛰어가며 말했다.

"됐다. 빨리 나를 따라와라."

장교는 뒤돌아보지도 않고 뛰어가더니 어느새 시야에서 사라져 버렸다. 이제 길상이도 없고 다시 혼자가 되었다. 터덜터덜 걸어서 산허리를 돌았다. 능선을 가만히 살펴보니 지난 길이었다.

'아, 여기는 오대산 쪽으로 들어서던 그 길이다.'

어둠을 타서 나는 처음 올라오던 길로 내려갔다. 조금 더

가니 큰 집이 나왔다. 그 집은 우리 부대가 들렀던 바로 그 집이었다. 나는 총알을 장전하고 한 발 물러섰다. 조심스럽게 문을 두드렸다. 살짝 문이 열리고 노인이 한 분 나왔다.

"저는 국군입니다."
"들어오시오. 서 방에도 한 사람이 더 있소."

그 사람은 우리 부대 사람이었다. 뛸듯이 기뻤다. 다음 날 아침 일찍 우리는 횡계로 향하다가 길에서 어떤 아주머니를 만났다.

"밥이라도 먹고 가시우."

참 고마웠다. 식구들 먹을 식량도 부족할 텐데 기꺼이 나누어 주다니 참 고마운 사람들이다. 사람 사는 세상이 이래야 하는데 싶었다. 우리는 아주머니가 준 밥을 한 그릇 달게 비웠다.

"아이고, 저기 인민군 두 사람이 오고 있수."

아주머니 말에 총을 들고 나가 겨누었다.

인민군들이 손을 머리 위로 들고 삐라를 흔들며 말했다.

"우리는 항복합니다."

삐라에는 귀순하는 사람은 다 용서해 주고 대한 국민으로 받아주며 모든 신분을 한국 정부가 보장해 준다는 말이 적혀 있었다. 인민군 포로 두 명을 앞세우고 우리는 드디어 부대본부에 도착했다. 대장이 나를 보고 말했다.

"너는 포로로 잡혔다가 도망도 잘 치는구나. 어쨌든 다시 만나니 반갑다."

6-7 향로봉 전투

5월 말, 우리 부대는 향로봉에 도착했다. 그때까지도 북쪽 능선에는 군데군데 잔설이 남아 있었다. 부대는 향로봉 능선 좌우로 방어선을 구축했다. 나는 소대장의 연락병이 되어 순찰을 나가는 소대장을 따라 다녔다.

"김죽봉이 편지 왔다."

깜짝 놀랐다. '내가 여기 있는 걸 누가 알고 편지를 보냈을까.' 하는 생각에 고개를 돌려보니, 선임하사가 내 참호로 편지를 넣어주었다. 겉봉에 분명 '김죽봉 앞'이라고 쓰여 있었다. 뒤집어 보니 부산 주소와 엄마 이름이 쓰여 있었다. 나는 아무도 없는 갈대밭으로 가서 편지 봉투를 열었다. 과연 엄마 글씨였다. 나는 편지를 읽기도 전에 대성통곡부터 했다.

우리 아들 죽봉아,
몸 성히 잘 있느냐? 어디 다친 데는 없니? 엄마는 하루에도 열두 번씩 너를 생각하고 너를 위해 기도한다. 무사히 잘 돌아오게 해달라고 말이다.
박길봉 선생님이 너를 데리고 집을 떠날 때 엄마는 하나님께 기도했다. 수천 명 학살 현장에서도 너를 살려내신 하나님이시다. 하

생사를 넘나드는 전쟁 속으로 **173**

나님은 분명히 전선에서도 너를 보호하시고 지켜 주실 것이다. 엄마는 날마다 기도한다. 그리고 반드시 네가 살아 돌아오리라 믿는다. 부디 몸조심하고 천심을 지켜라.

우리는 지금 부산 영주동 이모네 집에 와서 같이 살고 있다. 아버지와 네 형도 모두 같이 피란민 배를 얻어 타고 거제도에 올 수 있었지. 모두 잘 살고 있으니 여기 걱정일랑 하지 마라.

처음엔 네 소식을 몰라 무척 애가 탔다. 날마다 부산에서 부둣가에 나가 피켓을 들고 서 있었다. 함흥에서 온 김죽봉이를 아는 사람이라도 혹시 만날 수 있을까 해서. 그런데 정말 너를 아는 사람을 만나게 되어 이렇게 소식을 전하게 되었으니 얼마나 좋은지 모른다. 편지 받는 즉시 답신을 보내도록 하여라. 다 고마우신 하나님의 은혜다.

죽봉아, 만나는 그날까지 그저 몸조심해라. 다시 한 번 당부한다. 천심을 지켜라.

엄마가.

어머니가 보낸 편지를 몇 번이고 다시 읽었다. 어머니가 계시다니 부산이 정말 고향 같았다. 길상이도 인민군을 탈퇴해서 자기 고향 쪽으로 귀순하면 얼마나 좋을까 하는 생각도 들었다.

6월 어느 날, 우리 중대에 명령이 떨어졌다. 지금의 방어선을 넘어 적진 가까이 수색하라는 명령이었다. 적진은 건너편

산 924고지에 자리잡고 있었다. 그 뒤로 고성에서 금화, 인제로 연결되는 보급로가 있었다. 이 보급로를 장악하기 위해서 인민군은 924고지를 사수하고 있었고, 아군은 이를 탈환해서 적군의 보급로를 끊어야 했다.

선발대로 우리 분대가 나가게 되었다. 소대장이 제일 앞에 서서 나기고 소대장의 연락병인 나는 그 뒤를 따라야 했다. 우리 분대는 제2 고지와 제1 고지까지 도달해서 주위를 살폈다. 너무도 조용했다. 제1 고지를 내려와서 924고지 앞까지 다다랐지만 적진은 고요하기만 했다. 우리는 수색을 마치고 다시 향로봉으로 돌아왔다.

다음 날은 분대별 씨름대회가 열렸다. 정전협정을 하느니 마느니 하는 때라 전선이 소강상태였다. 병사들 사기도 돋울 겸 체력도 키울 겸 씨름대회가 열린 것이다. 그런데 하필 사건이 터졌다. 어떤 병사가 스스로 자기의 검지손가락을 잘랐다. 손가락이 잘리면 더 이상 군 생활을 할 수 없게 되므로 곧바로 제대를 시켰다. 그걸 노리고 자해를 한 것이었다.

제대시키기 전 그 병사는 사단에서 재판을 받아야 했다. 소속 부대 소대장인 우리 소대장도 재판에 출석해서 증언을 해야 했다. 나도 소대장을 수행해서 사단까지 따라갔다가 우연히 함흥 선배들을 만났다. 선배들은 나에게 이왕이면 간부후보가 되라고 일러 주었다. 6개월간 훈련을 받으면 장교가 될 수 있다는 이야기였다. 나는 솔깃했다.

선배들은 사단 인사과에서 서류를 접수하니 원서에 서명하면 접수해 주겠다고 했다. 나는 어차피 군 생활하는 바에 장교가 되는 것도 괜찮겠다고 생각하면서 원서에 서명했다. 2주 내로 간부후보생 통지가 갈 거라고 했다.

"김죽봉, 목욕이나 하고 갈까?"
"넵, 좋습니다."

부대로 돌아오는 길에 소대장이 던진 말이었다. 목욕이라니, 실로 몇 개월만인가. 나는 주저 없이 옷을 벗고 계곡으로 뛰어들었다. 생전 처음 물을 만난 듯 신나게 놀았다.
다음 날, 다시 924고지를 수색하라는 명령이 내려졌다. 나는 제일 앞에 선 소대장 뒤를 바싹 따라갔다. 지난번처럼 제2 고지를 지나고 제1 고지를 지나려는데 536무전기 배터리가 나갔다.

"소대장님, 배터리를 교체해야겠습니다."
"그래, 알았다."

능선에 주저앉아 배터리를 교체하고 따라가니 소대장과의 간격이 꽤 벌어졌다. 소대장은 벌써 제1 고지에 다다르기 직전이었다. 나도 빨리 따라 가야겠다 싶어 서두르는데 제1 고지에서 두두두두 기관총 소리가 들렸다. 바로 내 앞에 있던 병사 두 명이 비명을 지르며 능선으로 굴러 떨어지는 것을 보면서 '아차, 복병이 있었구나.' 하는 생각이 드는 찰나, 돌 뭉치 같은 것이 내 앞으로 떨어졌다.

내가 능선으로 몸을 날리는 것과 동시에 '꽝' 수류탄이 터졌다. 떼굴떼굴 굴러 떨어진 곳은 산골짜기 바위 밑이었다. 오십 미터는 굴러 떨어진 것 같았다. 더듬더듬 몸을 살펴보니 철모도 벗겨져 달아났고, 소총도 없었다. 536무전기만 한쪽 어깨에 매달려 있었다. 왼쪽 귀 위에서 흐르는 피가 왼쪽 가슴에 붙은 주머니로 흘러 들어가고 있었다. 상처를 만져보니 머리에 구멍이 난 것 같지는 않았다.

"저기, 저 새끼 쏴라 쏴."

인민군들이 외치는 소리가 요란했다. 여기 앉아 있다가는 안되겠다 싶어서 일어서려는데 오른쪽 다리가 펴지지 않았다. 살펴보니 오른쪽 신발 밖으로 피가 새어나오고 있었다. 하는 수 없이 팔로 땅을 딛고 골짜기 아래로 내려왔다. 10미터쯤 내려가니 소대장이랑 병사 부대원 몇이 보였다.

"소대장님, 괜찮으십니까?"
"김죽봉, 이리 와서 나를 부축해라."

소대장은 오른쪽 허벅지를 다쳐 뼈가 다 보였다. 무척 고통스러운 듯 이빨 사이로 신음 소리를 뱉어내고 있었다.

"어서 나를 부축해 줘라."
"소대장님, 저도 지금 부상으로 다리를 펴지 못합니다. 여기서 구원병들이 오기를 기다려야 할 것 같습니다."

그제서야 소대장이 상태를 알아챘다. 소대장의 신음 소리가 거의 울음소리로 바뀌었다. 아무래도 여기 그대로 있으면 구원병이 찾아올 것 같지 않았다.

"소대장님, 잠시 기다리십시오. 구원병이 여기로 올 것입니다."

나는 1고지에서 뻗어내린 능선자락으로 포복으로 올라갔다. 제2 고지 쪽이 조용했다. 넝쿨에 기대어 앉아 무전기를 뽑아들었다.

"여기는 갈매기, 비둘기 나와라 오바."
"여기는 갈매기, 비둘기 나와라 오바."

교신을 시도했지만 무전기는 먹통이었다. 고장이 났나 살펴보니 안테나 아래로 구멍이 뚫려 있었다. 총알이 뚫고 지나간 흔적이었다. 나는 무전기를 아래로 집어 던졌다. 그때 저 아래 넝쿨 뒤로 사람이 보였다. 우리 부대원들이었다. 세 사람이 올라와서 함께 궁리를 했다. 골짜기로 내려가서 다시 향로봉으로 올라가는 게 좋겠다고 의견이 모아졌다. 문제는 나였다. 나는 걸을 수 없었다. 서로 얼굴만 쳐다보다가 내가 먼저 말을 꺼냈다.

"걱정하지 말고 먼저 내려가시오. 다만 표시를 좀 해 두면 내가 그걸 따라 가겠소."

그들이 걱정스런 마음을 두고 길을 떠났다. 나는 앉은뱅이가 되어 골짜기를 내려왔다. 다행히 먼저 떠난 부대원들이 방향 표지를 잘 해 놓아서 길을 잃을 걱정은 없었다. 손으로 땅을 짚고 움직이려니 너무 힘들었다. 몇 번 쉬면서 약 2시간 만에 산 밑에 도달하니 냇가가 보인다. 냇가에는 그동안 얼었던 얼음이 녹아서 물이 많고 깊은 곳은 무릎을 덮을 정도였다.

냇가를 어떻게 건널 수 있을까 생각하며 물 근처에 도착했을 때 냇가 건너편에서 먼저 떠난 세 명의 부대원이 나를 기다리고 있었다. 나를 발견하자 강을 건너와서 나를 업어서 건네주었다.

그곳에는 벌써 의무병과 민간인들이 중환자를 나르는 일로 분주했다. 감사한 것은 세 명의 소대원들이 몇 시간 동안이나 나를 기다려 주고 도와준 것이다. 그곳은 전방이라 치료받을 수 없었다. 그래서 민간인 두 명이 나를 들것에 태우고 고지를 향해 산길을 헤치고 올라갔다. 전투가 벌어진 고지에서 습격당해서 죽은 자와 총상을 입은 부상자들이 후송을 기다리고 있었다.

그때 내 마음을 아프게 한 풍경이 있었다. 그날 아침 부대원 한 명이 나를 찾아와서 고등어를 녹지 않는 돌소금에 절여 놓은 부식에서 돌소금을 좀 달라고 했다. 어디에 쓰려고 하느냐고 물었더니, 채소와 조금 남은 쌀로 죽을 쑤었는데 너무 싱거워서 소금이 필요하다는 것이었다.

곧 출동하려던 참이라 고등어 머리라도 잘라서 줄까 하다가 그냥 소금만 한 수저 줬는데, 바로 그 병사가 전사자로 내 앞에 있었던 것이다. 몸이 너무 부어서 들 수가 없었다. 민간인 노무자들이 망설이고 있었다. 눈앞에서 벌어진 전쟁의 비참함을 차마 볼 수가 없었다. 벌써 그곳은 아군의 지원을 받아 적들이 자기들의 진지를 구축한 북쪽 산으로 물러가 있었을 때였다. 하늘을 올려다보다가 눈을 감았다. 모든 것이 거짓말처럼 평온했다.

선임하사가 내가 누워있는 들것으로 왔다. 내 얼굴을 알아보더니, "야, 살아줘서 정말 고맙다!" 하면서 신문지로 싼 뭉치 하나를 내 배낭 속에 넣어주면서 병원에 후송가면 배고프지 않게 뭐든 사먹으라고 했다. 벌써 향로봉 산 밑은 짙은 어둠이 깔리기 시작했다.

서둘러 나를 운반하던 두 사람과 길잡이 사병 한 사람이 향로봉 산꼭대기에서 하산하기 시작했다. 도중에 중대장도 나를 보고 세우너니 또 신문에 싼 뭉치를 배낭에 넣어 주며 병원 가서 요긴하게 쓰라며 머리를 쓰다듬어 주었다.

향로봉 정상을 떠나 하산할 때는 어두운 밤이 되었다. 산길을 찾아 무거운 나를 들것에 싣고 이동한다는 것은 쉬운 일이 아니었을 텐데, 중간중간 몇 번을 쉬면서 이윽고 새벽녘에 산 밑자락에 도착했다. 어둠을 뚫고 나를 들고 내려온 민간인 두 분께 지금 생각해도 참으로 고맙다.

병든 사회로
추송된 세월

수술한 지 2주가 다 되도록 아무도 내 상처를 점검해주는 사람이 없었다.

다리는 점점 부어서 손으로 누르면 움푹 들어간 자리가 다시 나오지 않을 만큼 심각한 상태인데,

2주째를 내게 관심을 주는 군의관은 없었다. 일어날 수도 없는 상태여서

아침저녁으로 점호를 할 때도 나는 일어나지 못해서 앉아서 받아야 했다.

7-1 569 병원

산 아래서 조금 쉬고 난 후 연대본부 의무실까지 후송되었다. 그곳에 도착하니 소대장과 여러 부상병들이 속초 야전병원으로 후송되기를 기다리고 있었다. 몇몇 장병들은 골절이나 관통상을 당해서 몹시 괴로워했다. 드디어 트럭 두 대가 도착했다. 트럭은 소대장과 나 두 사람만 남기고 모든 부상자들을 싣고 떠났다.

다행히 소대장의 친척이 사단작전본부에 참모로 있어서 우리 둘은 편하게 군용 앰뷸런스를 타고 속초 병원까지 올 수 있었다. 속초 야전병원에 도착하자마자 나를 수술대에 눕혔다. 그때까지 어디가 부상인지도 몰랐다. 수술대에 누워 있으니 군의관이 천정을 향해 누워있던 내 오른 다리를 눌러서 폈다. 다리가 끊어지는 것 같은 고통에 외마디 비명을 질렀다.

"그런 담력을 가지고 어떻게 일선에서 싸웠나!"

군의관은 핀잔을 줬다. 간호사 한 명과 다른 군의관이 내 오른 다리를 마취도 하지 않고 수술칼을 댔다. 이루 말할 수 없는 통증이 느껴졌지만 이를 악물고 참았다. 군의관은 수술칼을 댔던 곳을 후벼서 뭔가를 꺼내어 들고 내게 보여줬다.

"인민군 따발총알이 자네 하퇴부에 맹관창되어 박혀 있었어!"

근육에 박혀 있던 총알을 꺼내 보여준 것이다. 다행히 골절은 없었으니 치료만 잘하면 회복될 것이라며 입원실로 옮기라고 했다. 펴지지 않았던 다리를 조심스럽게 펴보니까 다행히도 펴졌다. 수술한 곳을 꿰매고 다시 들것에 실려서 수술실에서 나오니 다시 강릉으로 이동하는 차가 기다리고 있었다. 강릉 인근의 어느 학교를 육군병원으로 쓰고 있었다.

강릉 병원에서도 나는 소대장과 한 방을 썼다. 소대장도 수술을 마치고 이곳까지 후송되었는데, 후송될 때 사단작전처에 있던 소대장의 친척분이 간식과 건빵을 많이 실어주어서 우리 둘이서 그것만으로도 며칠은 충분히 버틸 수 있는 양이었다.

소대장과 나는 똑같이 다리 부상으로 침대에 누워 있는 처지였다. 우린 누워서 이러저런 이야기로 소일하며 보냈다.

강릉 병원에서 다시 후송된 곳은 처음 입대해서 훈련받던 묵호국민학교였다. 임시로 569 국군병원으로 바뀌어 있었다. 이곳에서는 장교병동과 사병병동이 구분되어 있어서 소대장과도 이별을 하게 되었다.

나는 사병병동에 도착하자 지정된 자리에 배낭을 내려놓았다. 이 방에는 60여 명의 중경상을 입원 부상자들이 수용되어 있었다. 취침 때마다 침상에 군용 깔개를 깔고 군용 담요를 덮고 잤다. 지정된 자리에 앉아서 처음으로 배낭을 열어보니 중대장과 선임하사가 신문지에 말아서 넣어준 것은 돈이었다. 그때 당시 화폐 가치로 20만 원이 넘는 큰돈이었다.

저녁이 되어 밥을 주는데 된장을 넣은 콩나물국에 밥을 만 국밥이었다. 된장을 제대로 발효시키지 않아서 국에서 카바이드 냄새가 났다. 당시에는 된장뿐 아니라 다른 장류나 막걸리처럼 발효시켜 먹는 음식을 빨리 발효시키기 위해서 몰래 카바이드를 썼다. 물론 불법이었다. 맛도 맛이지만 먹고 나면 머리가 아프고 건강에도 매우 안 좋았다.

나는 위생병에게 돈을 주고 외부 음식을 주문해서 먹었다. 혼자 먹기 미안해서 두 그릇을 주문해서 위생병과 나눠먹었다.

후송된 지 2주가 다 되도록 아무도 내 상처를 점검해 주는 사람이 없었다. 다리는 점점 부어서 손으로 누르면 움푹 들어간 자리가 다시 나오지 않을 만큼 심각한 상태인데, 2주째 내게 관심을 주는 군의관은 없었다. 일어날 수도 없는 상태여서 아침저녁으로 점호를 할 때도 나는 일어나지 못해서 앉아서 받아야 했다.

다시 2주가 지날 무렵, "김죽봉!" 하는 소리에 간신히 손을 들었더니 한 사병이 편지를 갖다줬다. 편지를 받는 순간 누군가 "죽봉아!" 하고 부르는 소리를 들었다. 돌아보니 박길봉 선생님이었다.

선생님은 묵호국민학교에서 훈련을 마치고 옥계에서 자대 배치받을 때 26연대 수색중대로 배속받았다고 했다. 적진을 오가며 수색전을 벌이다가 열병에 걸려서 이곳 569 육군병원으로 후송됐고 병이 낫자 이 병원에서 서무병으로 머무르게 됐다고 했다. 편지를 보고 같은 이름이 또 있나 싶어 위생병을 시켜서 이름을 부르게 하고 뒤쫓아 들어온 것이라고 했다.

선생님은 너무나 반가워서 어쩔 줄 모르며 기뻐하셨다. 부모님 부산으로 피란했다는 소식을 들었다고 했더니 주소가 있으면 달라고 하셨다. 혹시 부모님이 여기로 면회올 수 있겠냐고 물었더니 전시라 면회는 힘들고 편지는 꼭 전달해 주겠다고 하셨다.

7-2 쫄벽이 아들이구나

수술한 자리가 너무 부어서 혼자 걱정만 하고 있었다. 그러던 중 토요일 전체 병동에 사열이 있는 날이었다. 나는 출구쪽 맨 마지막 문 앞이 자리였다. 그래서 사열하는 장교들이 나는 쳐다보지도 않고 지나가기 일쑤였다. 이날도 사열시간이 다되어 모두 정리정돈하고 앉아 있었다. 환자들마다 자기침구 앞에 부동자세로 서서 사열을 받는데, 나는 이날도 다리가 펴지지 않아서 앉아서 사열을 받았다.

이윽고 사열관들이 입구로 들어왔다. 먼저 병원장인 소령 계급장이 앞서고 그 뒤로 군의관과 간호장교가 약 열다섯 명이 뒤따라 들어왔다. 나는 앉아서 지나가는 사열관들을 천천히 바라보고 있었다. 그런데 병원장 얼굴을 보는 순간 어디서 본 사람이라는 생각이 머리를 스쳤다. 어디서 봤을까 곰곰이 생각해 보니, 어려서 이평에 살 때 우리 집에서 가끔 아버지와 마작을 즐기던 윤공의였다.

일제강점기 때 우리 집은 평안북도 자성군 이평면에서 장사를 했었다. 이평에서 난 잡곡을 실어다 함흥에 갖다 팔고, 함흥 덕흥상회라는 곳에 위탁해서 판매한 후 올 때는 두세 대의 트럭에 이평에서는 구할 수 없는 얼린 생선이나 석유, 카바이드 등 여러 가지 생필품을 가득 싣고 와서 팔았는데, 자연히 우리 집은 동네 유지들이 모여서 마작도 하고 술도 마시는 집이었다.

일제강점기에는 동네마다 일본 총독부에서 임명한 의사가 한 명씩 있었다. 이분들을 '공의'라고 불렀는데 이평면에 딱 한 사람 임명된 의사가 바로 지금 내 눈앞에 있는 병원장, 윤 공의였다. 나는 어려서 아버지 심부름으로 동네 유지들이 모여 노는 방에 불도 때주고 윤공의에게서 용돈도 받아썼던 기억이 있었다. 다음주 토요일에 있을 사열 때는 병원장, 아니 윤공의에게 꼭 물어보리라 생각하며 기다렸다.

마침내 다음 토요일을 맞았다. 사열이 시작되고 부상병들은 정돈하고 서서 사열관들을 기다렸다. 사열이라고 하지만 사람 하나하나를 살펴보는 일은 없었다. 그날도 내 앞을 지나치면서 얼굴 한번 마주치지도 않았다. 나는 내 앞을 휙 지나쳐 반대편 문으로 나가려는 병원장을 급히 불렀다.

"원장님!"
"왜, 어디가 아픈가?"

병원장은 나가려는 걸음을 멈추고 뒤돌아보며 물었다. 나는 잠깐 머뭇거렸다. 그러곤 이내 작은 목소리로 물었다.

"혹시 이평에 계시던 윤공의님 아니십니까?"

"너, 누구냐?"

순간 병원장은 두 눈이 휘둥그레지면서 놀라서 물었다. 나는 또박또박 대답했다.

"이평에 살던 김경주 차남 김죽봉입니다."
"아, 그 쫄백이 말이냐?"

아버지는 어려서 홍역을 앓아 얼굴이 살짝 곰보였다. 그래서 가까운 사람들이 부르던 별명이 '쫄백이'였다. 나는 나를 알아봐 주는 병원장을 확인하는 순간 구세주를 만난 것처럼 엉엉 울고 말았다. 병원장은 사열을 멈추고 내 다리 붕대를 풀게 했다. 이내 간호병에게 이 아이 병상일지를 가져오라고 지시한다. 계속해서 울고 있는 내 어깨를 두드리며 위로해 주었다.

"군인이 울면 되겠느냐?"

병원장은 병상일지를 보더니 얼굴이 굳어져서 담당의무관과 간호병들에게 질타했다.

"이 아이는 수술한 지 한 달이 다 되어가는데 병상일지에는 그동안 페니실린 한번 주사한 것밖에 치료 기록이 아무것도 없다. 독성 총알을 제거하면 2-3주간은 4시간마다 페니실린 주사를 투여해서 해독시켜야 하는데, 한 달이 다 되도록 방치했다는 이야기다. 그렇게 많던 페니실린 주사제를 어디다 빼돌려 놓고 이렇게 방치했나? 이 상태로 더 두게 되면 골수염으로 진행되어 다리를 절단하는 사태가 벌어질 텐데, 의무관 자네가 책임지겠는가? 만약 이 아이 다리를 절단하는 사태가 발생하면 내가 자네 다리도 절단해 버릴 거야! 알았나?"

병원장은 단호하게 말하더니 울고 있는 나에게 사열 마치고 다시 올테니 기다리라고 하며 달래 주었다. 사열단이 나가자 곧바로 군의관이 간호병과 함께 간단한 수술도구를 들고 와서 다리를 보자고 했다. 약 2인치 정도 되는 상처를 핀셋으로 쿡 찌르자 수술자국이 벌어지면서 까맣게 죽은피가 쏟아져 나왔다. 한 컵은 족히 될 만한 양이었다. 군의관은 자신이 보기에도 안됐는지 쯧쯧 혀를 차면서 놀라워했다.

이대로 조금만 더 지났으면 죽은피가 고름이 되고, 고름이 뼛속에 들어가면 골수염이 되어 다리를 절단해야 하는 치명적인 상태가 된다고 했다. 상처의 깊이가 1인치는 되었다. 도저히 봉합할 수 있는 상태가 못 되어 위생솜에 약을 묻혀서 상처에 집어넣고 새살이 돋아나올 때까지 기다리는 수밖에 없다고 했다.

병원장이 다녀간 후 갑자기 사병 병동임에도 야전침대가 들어오고 모기장까지 쳐주었다. 네 시간마다 페니실린 주사도 놔주기도 했다. 다른 사병 환자들 보기에 민망하리만큼 대우가 확 달라졌다. 매일 아침 간호병이 와서 상처 속의 솜을 새 솜으로 갈아주기도 했다.

약 2주가 지나자 상처에서 새 살이 돋기 시작했다. 그 무렵 병원장이 다시 한 번 찾아왔다. 불편한 것은 없는지 묻더니, 잘 치료받고 완쾌하면 다시 만나자고 하면서 돌아갔다. 어려서 만났던 인연 때문이지만 그 당시 나로서는 정말 고마운 분이 아닐 수 없다.

돌아보면 나는 살면서 큰 고비를 맞을 때마다 은혜로운 사람을 만났다. 함흥 반룡산에서 죽을 고비를 넘길 때도, 어린 소년병이 되어 태백산맥을 돌아다니다 포로가 되어 탈출할 때도 예기치 않은 은인이 나타나 도움을 줬다. 하나님께서는 어떤 어려움 속에서도 용기를 잃지 않고 굳건한 믿음을 가지고 있으면 천사를 보내 도와주시는 것이리라.

7-3 다시 만난 어머니

며칠 후 박길봉 선생님께서 편지를 전해 주셨다. 묵호에 도착하자마자 박길봉 선생님 편에 보낸 편지를 받아보고 부모님께서 보내신 답장이었다. 반갑게도 묵호로 나를 보러 오신다는 내용이었다. 놀랍게도 오시겠다는 날이 바로 내일이었다. 6개월 만에 부모님을 만난다는 설렘에 뜬눈으로 밤을 지새웠다.

다음 날 오후 부모님께서 오셨다. 곧바로 병원장인 윤공의, 윤 소령도 만났다. 해방 이후 처음 만나는 아버지와 병원장은 정말 반가워하셨다. 내 다리 이야기 그리고 1945년 8월 15일 이후 지금까지 각자 살아왔던 이야기를 한참 동안 나누다가 우리 세 식구는 병원장께서 배려해 주신 묵호의 한 여관으로 자리를 옮겼다. 외출복도 없던 나는 환자복을 그대로 입고 지팡이에 의지해서 겨우 걸어갔다. 어머니께서는 밤새 내 얼굴을 바라보았다. 이 어린 아들이 초년에 어찌 이렇게 고생이 많을까 하며 바라보는 눈빛이었다.

"내가 너의 생명을 지켜달라고 하나님께 매일 간절히 기도한단다. 고마우신 하나님께서 이렇게 너를 지켜 주셨구나. 이제 평생해야 할 고생을 다했으니 어디를 가도 너를 대적할 사람이 없을 거야. 하나님만 믿고 의지해라. 고마우신 하나님만…."

다음 날 짧은 만남을 뒤로 하고 부모님은 부산 가는 버스를 타고 떠나셨다. 지팡이를 짚고 병원에 돌아와서 나는 깊은 상념에 잠겼다. 지난 6개월 동안 내게 벌어진 일들을 떠올려봤다. 혼자 흘리는 눈물이 뺨을 타고 흘러내렸다.

한 달이 지나니 상처는 많이 좋아졌다. 걸음은 지팡이에 의지해서 간신히 걸을 수 있었지만 발목은 펴지지 않았다. 걸음은 자연 절뚝이게 되고 평생 이렇게 살아야 하나 하는 두려움이 드리웠다. 병원장님이 나를 불렀다. 직접 다리 상태를 살피고 나서 말했다.

"다리가 나으면 여기 남아서 의료 요원으로 일할 수 있을 텐데, 그렇게 할래? 아니면 부산으로 후송 가서 제대를 할래?"

나는 평소 소원이 학교를 다니며 공부하는 것이었다. 병원장님께 평소 소신을 그대로 말씀드렸다. 병원장님은 고개를 끄덕이면서 바로 조치를 취해 주셨다. 병원장 면담을 마친 그 주말에 나는 바로 묵호항에서 출발하는 배에 올랐다. 병원에서 퇴원 수속도 일사천리로 마친 상태였다.

여름이지만 부산으로 향하는 갑판 위는 서늘했다. 죽음의 목전까지 갔다 왔던 지난 몇 개월이 꿈인가 싶었다. 밤새 잠도 오지 않아서 갑판 위에 올라가 하늘을 봤다. 하늘에는 은하수가 흐르고 있었다. 정말 헤아리기 힘들 만큼 많은 별이 내 머리 위로 쏟아져 내렸다. 그날 바라봤던 그 수많은 별빛은 지금도 내 가슴 속에서 반짝이고 있다.

다음 날 아침 멀리 수평선 너머로 솟아오르는 태양도 잊지 못할 기억이 되어버렸다. 마치 이제부터 열릴 내 앞길을 예언하는 것처럼 태양은 가슴 벅차게 밝아 바다를 박차고 하늘로 솟아올랐다.

7-4 제31 육군병원

부산항에 도착하니 100여 명의 부상자들이 차례로 배에서 내리기 시작했다. 우선 가벼운 부상자들부터 내려서 기다리던 트럭에 올랐다. 나도 트럭을 타고 이동했다. 트럭에서 내려다본 부산 시가지는 별천지처럼 느껴졌다. 무엇보다도 교복을 입고 학교에 가는 학생들이 눈에 띄었다. 책가방을 들고 교복을 입은 학생들을 보니 복받치는 눈물이 쏟아져 내렸다. 간절히 정말 간절히 학교에 가고 싶었다.

얼마 동안을 달렸을까? 트럭은 동래를 지나 넓은 벌판에 도착했다. 수많은 야전용 텐트가 도열해 있는 그곳에는 '제31 육군병원'이라는 간판이 붙어 있었다. 배에서 내린 부상병 가운데 중환자는 569 육군병원으로 후송되고, 경상자는 이곳 31 육군병원으로 분산 배치된 것이었다.

텐트 하나에 30명씩 배치 받아서 새로운 생활이 시작되었다. 짐을 풀고 나자 바로 저녁 시간이었다. 줄을 지어 저녁을 먹으러 갔는데, 밥이 정말 먹을 수 없을 만큼 형편없었다. 전투가 치러지는 강원도 전방보다도 양도 질도 보잘것없었다. 다음 날 아침 다행히 건빵 두 봉지와 양담배 세 갑이 지급되었다.

나는 술도 담배도 입에 대지 않았으므로 PX에 양담배를 가져가서 그곳에서 파는 우동과 바꿔먹었다. 양담배 한 갑이면 우동이 두 그릇이었다. 일주일에 몇 차례 나는 그렇게 끼니를 해결했다.

31 육군병원으로 후송된 지도 1개월이 거의 지났을 무렵 나는 혼자 밖으로 나왔다. 병실 안에서는 매일 무료함을 달랜다는 핑계로 노름판이 요란하게 벌어졌다. 시끌벅적한 병실을 나와 햇살 아래 걷고 있는데, 어떤 환자의 부모인 듯한 사람이 각이 선 보따리를 들고 왔다갔다 하다가 군의관을 보자다가가 연신 굽신거리며 전달하는 것을 보았다.

나중에 안 일이지만 이렇게 군의관을 상대로 뭔가 뒷거래를 하면 병상에 있는 아들이 빨리 제대한다고 했다. 또 어떤 부모는 보기에도 맛나 보이는 음식을 장만해 와서 병원 한쪽 마당에 풀고 아들에게 먹였다. 우리 부모님도 내가 여기 와 있는 걸 알고 있을 테지만 팍팍한 피란생활에 차마 찾아올 엄두를 못 내고 있는 모양이었다.

드디어 9월 말경, 제대 여부를 가리는 최종 심사를 받는 날이 왔다. 한 사람씩 군의관에게 가서 신체검사를 받았다. 들어갈 때는 긴장해서 주위를 살피며 줄지어 서 있다가 나올 때는 기뻐서 펄쩍펄쩍 뛰는 사람이 있는가 하면, 다른 사람은 풀이 죽어 거의 망연자실한 모습으로 걸어 나왔다.

내 차례가 되어 군의관 앞에 섰다. 병상일지를 살펴보던 군의관이 나더러 서서 한 바퀴 돌아보라고 했다. 오른발 발목이 펴지지 않아 발목을 든 채로 지팡이에 의지해서 한 바퀴 도니, 군의관은 퉁명스럽게 됐다고 말하며, '퇴원'이라는 곳에 동그라미를 치고 나가라고 했다. 순간 내게도 절망의 그림자가 드리웠다. 한 마디라도 하지 않으면 견딜 수 없을 것 같았다.

"발뒤꿈치가 땅에 닿지도 않는데 어떻게 퇴원합니까?"
"이놈아, 그건 운동하면 고쳐지는 거고, 다리가 나을 때까지 여기 있으면서 운동하면 되잖아!"

군의관은 병상일지를 덮어버리는 것으로 더 이상 말을 섞지 않겠다는 뜻을 피력했다. 병실로 돌아오는 걸음이 무거웠다. 돌아오니 한 무리는 기쁜 표정을 감추지 않고 떠들면서 금방이라도 사회로 나간 것처럼 잡담을 즐겼다. 또 한 무리는 담요를 뒤집어쓰고 모로 누워서 꼼짝도 하지 않는다. 한쪽은 원호대를 거쳐서 제대하는 병사들이고, 한쪽은 보충대로 이송되어서 재활치료 후에 다시 본대로 복귀하는 사람들이다. 지옥에서 간신히 살아 돌아온 사람에게 이제 충분히 쉬었으니 다시 지옥으로 가라는 이야기였다.

보충대로 보내지기 전 일주일 동안 남은 사람들은 그 좋아했던 노름도 안했다. 내무반 안에는 무거운 침묵만 흘렀다. 보충대로 넘어가기 전 최종 신사가 한 차례 더 남아 있다는 이야기가 돌았다. 사람들은 크게 기대하지 않는 모양이었다.

침묵은 더 깊어졌다.

　나는 최종 심사 전날 하나님께 간절히 기도했다.

　"언제나 저를 생명의 길로 인도하신 하나님, 저는 고등학교 1학년 겨우 수료하고 열일곱 나이의 소년병이 되어 수많은 죽음을 보았습니다. 눈앞에서 살생이 벌어지고 추위와 배고픔, 총알이 몸속에 박히는 부상과 모진 고난을 겪었습니다. 저는 그때마다 저를 살려주신 분이 아버지 하나님인 것을 믿습니다. 내일 있을 최종 심사에서도 저를 선하게 인도해 주실 것을 믿습니다."

　나는 확신을 갖고 내일 검사 때 내 장래의 소망과 포부를 말하겠다고 다짐했다. 그 뒤 결과는 하나님께서 인도해 주실 것이라고 믿었다.

　날이 밝았다. 밤에 했던 기도를 떠올리니 긴장되지 않았다. 담담하게 기다리고 담담하게 군의관 앞에 앉았다. 군의관도 아무 말 없이 병상일지를 내려 보더니 '퇴원'에 동그라미를 치려는 순간이었다.

　"군의관님, 제가 말씀드릴 짧은 시간을 허용해 주십시오."
　"……."

아무 말 없이 나를 쳐다보는 군의관이 뭐라 말하기 전에 내 말을 쏟아냈다.

"병상일지에서 보시는 것처럼 저는 열일곱 살입니다. 저는 징병으로 끌려온 것이 아닙니다. 국군이 함흥에 들어왔을 때 어린 나이에 자원해서 입대했습니다. 저는 함흥 정치보위부 지하에서 150명이 학살당할 때도, 반룡산 기슭에서 수천 명이 학살당할 때도 살아난 사람입니다. 어린 나이지만 대한민국을 위해서 제 혼신의 힘을 다해서 충성을 다했다고 자부합니다. 강원도 향로봉 전투에서 총을 맞아 여기까지 후송되어 왔는데, 이제는 제 나이에 맞게 공부를 하는 것이 소원입니다. 군의관님 동생뻘 되는 저에게 공부할 수 있는 기회를 주십시오."

군의관은 한동안 물끄러미 나를 바라봤다.

"고향이 어디인가?"
"평안북도 강계입니다."
"국군이 강계까지 가진 못했는데?"
"1949년에 여수항쟁이란 영화를 보다가 영화가 시시하다고 뱉은 말 때문에 정치보위부에 끌려갔었습니다. 그 바람에 저희 식구 전부가 밤중에 함흥으로 도망해서 살았습니다."

"거기 살면서 어떻게 인민군으로 차출되지 않았지?"

"거기서는 열여덟 살이 되어야 공민증이 나오고, 군의 복무가 의무입니다. 전시중이라 소년들도 모두 징집할 때였는데, 함흥에서 반정부 활동하는 단체에 가입해서 활동하다 체포된 사건으로 국군으로 자원입대하게 된 것입니다."

그러고도 한참 동안 군의관은 나와 병상일지를 번갈아 살펴봤다.

"정말 공부할 건가?"

"그렇습니다."

짧지만 단호하게 대답했다.

"좋아, 내일 아침 새 군복을 받아서 갈아입고 6시에 원호대로 가는 차 놓치지 말고 탑승하도록…."

군의관은 말을 마치기 전 서류 속 '원호대'에 동그라미를 쳐줬다.

군의관에게 인사하고 나와서 바로 하나님께 기도를 올렸다. '저녁에는 울음이 기숙할지라도 아침에는 기쁨이 오리로다(시편 30편 5행)'라는 성경 말씀이 떠올랐다. 이루 말할 수 없는 기쁨, 뜨거운 감사의 마음이 가슴 깊은 곳에서 솟구쳐 올랐다.

이전에도 수차례 내게는 말로는 설명이 안 되는 행운이 따라다녔지만, 이날 그것이 막연한 행운만이 아님을 알게 되었다. 내게는 안 되는 것을 이루게 하는 지혜가 있고, 아무리 암울해도 주저앉거나 포기하지 않겠다는 자신이 생겼다.

다음 날 일찍 아침을 먹고 새 군복으로 갈아입었다. 100여 명의 원호대 판정을 받은 장병들이 줄을 서서 동래 전차장까지 걸어갔다. 나는 아직 발목이 펴지지 않아서 지팡이를 짚고 오른발 뒤꿈치로 절뚝이며 걸어갔다. 동래 전차장까지 반쯤 갔을 때였다. 발뒤꿈치가 땅에 닿는 기분이 들었다. 돌아서서 발을 내려다보니 오른발 뒤꿈치가 땅에 닿아 있었다. 이 또한 감사할 일이었다.

7-5 그 많던 페니실린은 어디에

전차에 올라 원호대까지 가는 동안 한 병사가 하는 말을 들었다. 원호대 가서 똑똑하게 보이면 원호대 기간원으로 차출되고, 그러면 제대가 2-3개월 늦어진다는 이야기였다. 원호대 가서는 바보처럼 굴어야 기간원으로 차출되지 않는다고 충고해줬다.

우리가 도착한 곳은 범일동 육군 924 원호대였다. 도착해서 신고식도 하기 전부터 장교 몇몇이 와서 우리 틈을 헤집고 다니며 물었다.

"넌 학교 얼마나 다녔지?"
"고향은 어디야?"

그 중 하나가 내게 다가와 다짜고짜 물었다.

"고향은?"
"함흥에서 왔구요, 학교는 소학교 나왔습니다."

묻지도 않은 학력까지 대답해버렸다.

"이 새끼, 거짓말하지 마! 너 이리 나와!"

나까지 여섯 명이 차출됐다. 우리는 서울이나 충청도 등지의 여러 지역에서 왔지만 여섯 명 모두 고등학교 이상을 다녔던 사람이었다. 말을 안해도 귀신같이 추려낸 것이다.

"신고식 끝나면 너희들은 즉시 의무대로 와서 신고할 것! 만일에 안 오면 밥도 없을 줄 알아!"

귀신같은 장교가 말한 대로 우리는 귀신 씐 사람들처럼 의무대로 갔다. 의무대 신고식마저 마치고 나자 또 직책을 정하는 절차가 있었다.

"영어 할 줄 아는 사람?"
"……."
"알파벳 아는 사람?"
"……."

여기까지 차출되어 왔는데도 아무도 손을 들거나 대답하는 사람이 없었다. 그러자 장교는 내게 다가와서 쿡 찌르듯이 물었다.

"에이, 비, 씨, 디두 모르나?"
"그건 압니다."

"그래? 진작 그럴 것이지, 너는 조제계!"

나중에 알고 보니 원호대대 전체의 약물 관리를 하는 것이 조제계였다. 애초 다른 직책은 별로 중요한 것이 없었던 모양이었다. 나를 조제계로 정하고 나서는 일사천리로 나머지 직책을 정해버린다.

"다음 너는 취사장 음식 검열 당번하고, 다음 너하고 너는 치료계, 남은 한 사람은 의무실 요원이다. 알았나?"

당시 부산 군부대에서는 의무대의 사전 검사를 마치지 않으면 밥을 풀 수 없었다. 아마도 전쟁 통에 위생 상태가 염려되어서 그랬을 거라고 추측하지만, 이 사전 검사제도는 의무대의 막강한 권력이 되어 돌아왔다. 의무대는 전체 인원이 10명뿐인데 먹을 것은 항상 넘쳐났다. 틈틈이 특별부식이 지급되었고 내가 군에 입대한 뒤 가장 풍성한 음식을 먹었던 것으로 기억한다.

대대급인 원호대 안에서 의무대를 담당하는 군의관은 대구 의과대학을 나온 K 대위라는 사람이었다. 그는 처음 나타나서 약 창고를 담당하는 조제계인 나에게 큰 관심을 보였다. 하루는 나에게 지시하기를, 작년에 제대한 장병들이 치료받았거나 또는 투약했던 처방전을 모두 보자고 했다.

원호대에는 이곳으로 전출되기 전 육군병원에서 완전히 치료하지 못한 병사들이나 이곳으로 전출되어 온 후에도 새롭게 질환이 생겨 의약품을 처방 받는 사람이 꽤 있었다. 자료를 뒤적여서 정리해 놓고 보니 한 해 200명이 넘었다. K 대위에게 이런 사실을 그대로 보고했다.

K 대위는 대충 검토해 보는 척하더니, 내일 아침까지 새 처방지에 전년도 처방전대로 이름과 처방 내용을 베껴 쓰되 날짜는 올해 9월 말까지 처방한 것으로 해서 작성해 두라며 자신의 도장을 맡겨놓고 나가버렸다. 나는 그날 밤새도록 200여 장의 처방전을 만들어 놓았다.

다음 날 아침이 되자 군의관이 운전병이 딸린 지프차 두 대를 가져와서 한 대는 자신이 타고 다른 한 대는 나더러 타라고 하더니 다짜고짜 따라오라고 했다. 지프차 두 대가 도착한 곳은 의약품 창고였다. 그는 약품을 싣기 시작했다.

내가 타고 간 차에는 부피가 많이 나가는 붕대나 소독솜, 링거, 고약, 감기약 등을 싣더니 먼저 돌아가서 정리하고 있으라고 했다. 돌아와서 약품을 창고 안에 정리해 놓고 나니 저녁 무렵이 되었다. 군의관은 손에 봉투 하나를 들고 돌아왔다. 차 안에는 아무것도 없었다. 군의관이 준 봉투를 열어보니 안에 군밤이 들어 있었다.

나중에 알고 보니 군의관이 타고 갔던 차에는 비싸고 구하기 힘든 고가의 의약품만 골라 실어서 시중에 나가서 **빼돌렸**

다고 했다. 당시로서는 그런 일이 비일비재했다. 교육을 많이 받았거나 집안이 부자였어도 전쟁의 혼란을 틈타서 그런 비리를 저지르는 사람이 많았다.

당시 한국은 의약품뿐 아니라 식량도 옷감도 땔감도 모두 절대적으로 부족할 때였다. 미군의 원조물자나 미군에서 흘러나온 군용식량, 군복, 의약품이 최고의 식량이고 최고의 옷이자 만병통치약으로 통할 때였다.

당시 의약품 중에 가장 많이 사용된 것은 구아노찡과 다이아찡이다. 구아노찡은 장염 특히 이질이나 설사병에 효과가 탁월했다. 다이아찡도 마찬가지였다. 본래는 이질, 설사, 장염의 특효약이어서 당시 열악한 위생상태에서 널리 쓰였던 약이었다. 그런데 변변한 약이 없던 시절 웬만한 병에는 모두 다이아찡을 먹어서 그야말로 만병통치약이라는 소문이 돌았을 지경이었다.

군부대에서 **빼돌린** 다이아찡은 그 인기가 하늘을 찌를 것 같았다. 사실 다이아찡은 감염질환에 사용되는 살균제였는데, 시장 좌판에서도 다이아찡을 팔았고 사람들은 사탕 먹듯이 다이아찡을 사먹었다. 항생제에 거의 내성이 없었던 당시 우리 국민들에게 다이아찡이 모든 질환에 효과가 있다는 말이 퍼진 것은 그런 면에서 전혀 틀린 얘기는 아니었다.

하지만 다이아찡의 효과는 그리 오래가지 못했다. 사탕 사먹듯 남발한 이 약도 점차 내성을 가진 감염균들이 생기면서 효과가 떨어졌다. 이때 혜성처럼 등장한 약이 페니실린이다. 페니실린은 항생제였다. 페니실린은 그동안 만병통치약 다이아찡으로도 치료할 수 없었던 내성을 가진 감염증을 단숨에 치료하면서 군부대 근처에서는 이 페니실린을 구하려는 사람들로 넘쳐나게 된다.

당시 의무대에는 주사제로 25만 단위 페니실린에서 50만 단위 오일 페니실린까지 구비되어 있었다. 가끔 고급하사관이나 장교들이 이등병인 나를 찾아와 필요 이상 공손하게 페니실린 주사를 놓아달라고 부탁했다. 이들 중 대부분은 임질이나 매독 등의 성병에 걸려 찾아온 사람들이었다는 것을 나중에 알게 되었다.

전방의 전선에서는 하루에도 몇 차례씩 생사를 넘나드는 전쟁 통인데 임시수도였던 부산 복판에서는 장교들이 보급품을 빼돌리고, 밤마다 주색잡기에 빠져 있는 것 같아서 씁쓸했다. 강원도에서 여기까지 오기까지 병원을 전전하며 약이 없어서 죽어가는 사람들을 본 내 입장에서는 정말 한심스럽게만 느껴졌다.

이런 현상은 사회가 전쟁으로 혼란스러워서 그런 것만은 아니었다. 개인의 인성도 크게 영향을 끼쳤다. 하루는 고참중사가 세숫대야에 더운 물을 떠오라고 해서 떠다 주었다. 고참중사의 발아래 내려놓고 나가려는데 갑자기 멈춰 세웠다.

"어이, 이등병! 그냥 나가면 쓰나. 거기 앉아서 내 발좀 깨끗이 씻어 주고 나가."

순간 화가 치밀었다. 이제 2개월 뒤면 여기 있는 사람 모두가 사회로 나가게 된다. 제대해서 민간인이 되기 전 사회에 적응하는 기간을 갖는 것이 바로 원호대대의 목적 중 하나인데, 2개월 남은 권력을 최대한 누려보겠다는 심사인 것 같았다. 나는 차분히 대답하고 돌아 나왔다.

"제가 이등병이지만 당신 발을 씻어 줄 의무는 없습니다. 그리고 여기는 원호대입니다. 모두 제대를 앞둔 예비사회인인데, 계급을 앞세워서 있지도 않은 의무를 강요하지 마십시오!"
"야, 인마! 내일 제대해도 고참은 고참이야. 지금 이 순간은 내가 니 상사라고 인마!"

2개월짜리 권력이 외치는 공허한 목소리가 등 뒤에서 따라 나왔다. 전쟁 통에 부상당해서 여기까지 후송되어 온 입장에서 서로 등 두드리며 격려하고 함께 보듬어 울어도 시원치 않을 텐데, 계급이 낮다는 이유만으로 상대방 가슴에 상처를 주는 일은 지금도 이해할 수 없다.

이런 일은 또 있었다. 12월에 들어서면서 피란지인 부산, 부상자들이 모여 있는 원호대에도 크리스마스의 들뜬 기운이 스멀스멀 몰려들었다. 우리 부대에도 큰 돼지 한 마리가 들어왔다. 식품검열을 하는 위생부 사람들과 취사장으로 가니 이미 돼지는 죽어서 여러 부위로 나뉜 채 꼬리표를 하나씩 달고 있었다.

큰 갈비 한 짝에는 '대대장용'이라는 꼬리표가 붙어 있었다. 다른 한 짝에는 '작전참모용'이 붙어 있다. 크고 작게 잘려진 고기마다 그렇게 꼬리표가 다 붙었다. 심지어 맨 마지막 고깃덩이에는 취사장을 책임지는 이등상사의 꼬리표까지 붙어서 꼬리표가 붙지 않은 것은 머리와 꼬리 그리고 다리 부분밖에 남지 않았다.

남은 머리와 꼬리로 대대병력인 원호대 전체가 먹으려니 국을 끓일 수밖에 없었다. 국을 끓였어도 개별 병사들 국그릇에는 멀건 돼지기름 한 점 보기 힘들 정도다. 열일곱 나이에 자원입대해서 강원도 높은 산골짜기를 헤매며 수차례 죽을 고비를 넘긴 후 지금 내가 서 있는 자리는 초라하게만 느껴졌다. 빨리 여기서 나가는 것만이 내게 남은 유일한 희망이었다.

마침내 1951년 12월 24일, 나는 제대 명령을 받게 됐다. 1개월 반 묵호에서의 훈련병 생활과 삶과 죽음이 교차하는 오대산과 설악산과 향로봉을 오르내리던 일선 전투병 생활, 그리고 3개월의 병원 생활과 원호대에서의 3개월까지 드디어 군복무를 마쳤다. 이종찬 참모장 명의의 상이용사 명예제대장을 받고 계급도 일등병으로 승진했다. 크리스마스 이브날이었다.

7-6 민간인 신분으로 돌아오다

그날 오후 처음으로 부산시내를 걸었다. 원호대가 있던 범일동에서 부모님이 피란 내려와 사시던 영주동 산동네까지는 걸어서 한 시간 정도 걸리는 거리였다. 비릿한 바닷바람이 불어왔다. 12월이라고는 하지만 춥지 않았다.

함흥 정치보위부로 끌려갔다 처참하게 죽은 친구들 얼굴이 떠올랐다. 흥남부두에서 미군 배를 타고 묵호로 내려올 때 배에 타지 못해 발만 동동 구르던 수많은 사람들도 떠올랐다. 불과 2년이 채 되지 않는 기간이었지만 함흥 정치보위부 지하 감방에서, 반룡산에서, 태백산맥 전쟁터에서 겪어낸 세월은 지금의 낯선 나를 만들었다.

부모님이 사시던 영주동 산동네는 피란민들이 집단 거주하는 판잣집 동네였다. 그곳에서 아버지는 쌀가게를 하셨다. 2층으로 된 판잣집에는 이층에 이모네 식구들이 살고 아래층에 우리 식구가 살았다. 당장 매일매일 끼니를 걱정하는 피란민 처지였지만 가족이 모여 있다는 것은 서로에게 큰 힘이 되어주는 것 같았다. 아무리 생활이 어렵고 하루하루 버티기 힘에 겨워도 가족이 함께 한다는 것은 그 자체가 따뜻한 위안이다.

나는 학교를 알아보기 위해서 영도다리 왼편에 있었던 문교부를 찾아갔다. 지금은 롯데백화점이 들어선 그곳은 이전에 부산시청이 있었고, 그전에는 피란 내려간 정부의 청사로 쓰였다. 입구에서 고등학교 과정을 담당하는 공무원을 만나러 왔다고 하니까 3층 고등교육국장을 찾아가라고 했다.

첫눈에도 배려심이 깊고 선량하게 보이는 고등교육국장은 군복 입은 젊은이를 따뜻하게 맞아주었다.

"어떻게 찾아왔나요?"

"예, 저는 엊그제 막 제대한 상이군인입니다. 이북이 고향인데 거기서 고등학교를 다니다가 자원입대해서 군인이 되었습니다. 전투 중에 부상을 입어 상이군인으로 제대해서 다시 학업을 계속하려고 찾아왔습니다. 공부를 계속하는 것이 제 꿈입니다."

"북한에서는 학교를 어디까지 다녔나요?"

"고등학교 1학년을 수료했습니다."

"장하십니다! 6.25 전쟁이 터지고 나서 학도병으로 제대한 사람이 다시 학교에 다니겠다고 찾아온 것은 처음입니다."

그는 정말 자기 일인 것처럼 기뻐하며 어느 고등학교에 가고 싶은지 묻더니 직접 나를 안내해서 2층으로 데리고 갔다.

"나는 대학교를 관장하는 고등교육국장이고 중고등학교 과정을 관장하는 보통국장은 아래층에 있습니다. 거기로 가서

214

내가 잘 말해둘 테니 염려하지 마세요."

2층에 내려와 보통국장인 듯한 사람을 만났다. 나를 데리고 내려갔던 고등국장은 나를 소개하면서, 이분이 학도병 출신으로 나라를 위해 싸우다 부상당해서 제대했다는 것과, 제대하자마자 다시 학업으로 복귀하려고 찾아왔고, 경기고등학교에 진학하고 싶어 하니 잘 안내해서 원하는 대로 진학할 수 있도록 도와주라며 신신당부한 후 3층으로 올라갔다.

고등국장이 올라간 후 보통국장은 미안해하면서 보고서를 쓰던 것이 있다며 잠깐 기다려 달라고 했다. 이윽고 몇 분이 지나자 보통국장은 하던 일을 마치고 말을 걸어왔다.

"그런데, 혹시 고등교육국장님하고는 어떤 관계인가요?"
"무슨 특별한 관계는 아닙니다. 제가 이북에서 내려와서 부산에는 아는 사람도 없고 해서 제대하고 곧바로 찾아와서 만나게 된 겁니다."

나는 무심코 있는 사실을 그대로 말했다. 그랬더니 보통국장의 태도가 눈에 띄게 달라졌다.

"요즘은 전시중이라서 학교마다 학생이 부족합니다. 본인이 아무 학교나 찾아가서 편입수속을 밟으면 아무 문제없이 들어갈 수 있어요. 그럼 이만⋯⋯."

너무도 순간적으로 태도가 돌변한 것에 화가 치밀었다. 만일 내가 고등교육국장하고 인척관계라고 대답했어도 저렇게 나왔을까 생각해 보니 더 이상 이 사람하고 얘기하는 것이 의미 없다는 생각에 책상을 박차고 나와 버렸다.

집으로 돌아가려고 나와서 광복동을 거쳐 용두산 앞을 지날 때였다. 중앙교회 바로 뒤 용두산 중턱에 커다란 학교 간판이 걸려 있었다.

'한성·숭문 중고등학교'

학교로 올라가서 교무실로 찾아갔다. 선생님 한 분이 나를 맞더니 어떻게 왔냐고 물었다. 나는 내심 크게 기대하지 않으면서 함흥에서부터 지금까지의 일을 간단히 말씀드렸다. 선생님은 의외로 반가워하시면서, 살아 돌아와서 정말 고맙다는 말까지 하셨다. 또, 명예제대한 상이군인이니 수업료를 면제해 줄테니 내일부터라도 등교하라고 당부하셨다. 그 선생님은 당시 숭문고등학교 교감 C 선생님이었다.

7-7 부산에서 다시 학생이 되다

다음 날 나는 학교에 등교했다. 마침 김성한 선생님이 가르치는 영어 시간이었다. 김성한 선생님은 뒤에 소설가로 더 이름을 날린 분이다. 고향이 함경남도 풍산으로 일본 교토대학교 영문과를 졸업한 뒤 영국 맨체스터 대학원에서 석사학위를 받은 분이다.

나는 이북에 있을 때 처음 중학교 입학해서 《Crown book one》이라는 기초영어 교재로 알파벳을 익혔으나 간단한 문장 정도 읽는 수준에서 멈췄다. 해방된 후 김일성 정권이 들어서자 일제의 잔재, 제국주의의 잔재를 모두 청산한다고 그때까지 배우던 일본어와 영어교재를 수거해서 불태워버렸기 때문이다. 이후 외국어는 러시아어로 통일되었고 나도 고등학교 1학년 수료할 때까지 러시아어를 공부했다.

김성한 선생님이 가르치는 영어 교재는 《Living English》 5권이었다. 당시 내 실력으로는 도저히 따라갈 수 없었다. 거의 영어의 기초가 없는 내가 앉아서 고민만 하고 있을 수는 없었다. 주변에 수소문하고 찾아보니, 마침 용두산 중앙교회 지하실에서 안현필 선생의 《삼위일체 영어》를 기초부터 가르치는 강의가 있었다.

중앙교회 영어강의를 알게 된 후 당장 학교를 마치고 야간반에 등록하려고 달려갔다. 나는 주간에는 영어를 제외한 모든 학과공부를 학교에서 이수하고 저녁을 먹고 나면 곧바로 중앙교회로 달려가서 영어기초를 다졌다.

고등학교 과정에 들어와 공부해 보니 영어만 조금 떨어지지 나머지 과목은 따라가기에 크게 힘들지 않았다. 이북은 새 학기가 9월에 시작된다. 사실상 한 학기 정도 뒤처진 것이었다. 남의 속도 모르고 맨 뒷줄에 앉은 학생 몇몇은 나를 조롱했다.

"저 새끼는 오자마자 나네."

나는 상이군인으로 명예제대한 사람이었다. 군복을 입고 다닐 때여서 뒤에서는 뭐라고 조롱할지 몰라도 내 앞에서는 함부로 말도 못 붙였다.

피란시절 부산의 대부분 학교는 학생들 가운데 3분의 1이 서울 출신이요, 또 3분의 1은 부산 출신이고, 나머지 3분의 1은 이북 출신이었다. 이북에서 내려온 학생들의 부모는 대개가 국제시장에서 포목장사를 하거나 시계를 고치는 등 다양한 직종에 종사하면서 힘겹게 살았다.

모두가 영주동 산허리 판잣집에 비슷하게 살아서 누구를 부러워하거나 질시할 일이 없었다. 누구는 잘살고 누구는 못살아서 서로 비교할 일도 없었다. 영주동 가파른 판잣집 가운데 어느 집도 남을 돌아볼 여유가 없었다.

새해가 밝아서 1952년 3월이 되자 나는 고등학교 3학년이 되었다. 새 학기를 맞으니 피란 내려와 어수선했던 학교도 제법 학생 수도 늘고 틀이 잡혀갔다. 신입생이 많이 들어왔는데, 특히 평안도와 함경도 출신 학생이 많이 들어왔다. 중령으로 예편한 장교 한 분이 규율 담당 선생님으로 새로 들어왔다. 새 규율 담당 선생님이 오자 각 학급을 학도호국단 체제로 편성했다. 군복을 입고 다녔던 나는 학도호국단 단장이 되었다.

1년 후면 대학에 진학해야 하는데 사회도, 집안 형편도 안정될 기미가 보이지 않았다. 전쟁은 소강상태였지만 끝난 것이 아니라 옛 38선 인근에서 전선이 오르락내리락하면서 계속 교착상태에 빠져 있었다.

피란 내려와 살던 이북 출신들은 이북으로 돌아갈 준비를 해야 할지 아니면 귀향을 포기하고 여기 정착할 준비를 해야 할지 선불리 판단할 수 없었다. 그런 와중에 대부분의 이북 사람들의 생활 터전이었던 국제시장 화재사건이 발생한다.

1953년 1월 30일, 전쟁 통에 급조해서 만들어진 국제시장에 불이 나서 얼기설기 꾸며놓은 가게 1,600동이 전소되어 버렸다. 우리 학교 함경도 출신 친구들은 국제시장으로 달려가서 밤새 포목단을 옮겨서 부모님들이 재기하시는 데 적지 않은 도움을 드리기도 했다.

국제시장에 큰 화재가 일어났던 1953년 1월을 즈음해서 한국은 세계의 주목을 받고 있었다. 3년 동안 지속된 전쟁을 마치고 정전협정을 맺으려는 유엔군 측과 이에 반대하며 북진통일을 외치던 이승만 대통령의 갈등이 점차 고조되고 있었기 때문이다.

미국의 유력 대통령 후보였던 아이젠하워는 전쟁이 소강상태에 접어든 1952년부터 한국전쟁을 중단하겠다고 선거 공약으로 내걸었다. 1953년 1월 아이젠하워 대통령이 당선되고 취임하게 되자 휴전협정은 속도를 내기 시작했다. 이 시기에 전 세계를 경악하게 한 사건이 벌어졌다. 바로 반공포로석방이었다.

지지부진하던 휴전협정이 속도를 내기 시작하면서 주요한 문제로 떠오른 것이 양측에 잡혀 있는 포로들을 어떻게 처리할 것인가 하는 문제였다. 1953년 4월 10일, 휴전회담의 양측 대표 사이에 가장 민감한 문제 가운데 하나였던 포로교환 문제에 대한 합의가 이루어진다. 제네바협약 제109조에 따라 병약 및 부상포로들을 원칙적으로 교환한다는 것이 주된 내용이었다.

이때부터 한국 정부와 국민은 대대적인 휴전반대운동을 시작했다. 4월 21일, 국회는 이승만 대통령의 북진통일을 지지하는 결의안을 통과시켰다. 3일 후에는 이승만 대통령이 직접 나서 중공군이 압록강 남쪽에 그대로 남아 있게 된다면 한

국군의 작전지휘권을 미국에 위임한 것을 철회할 것이며, 남한 단독으로라도 싸울 것이라고 아이젠하워 대통령에게 통보했다.

이외에도 휴전협정이 진전이 있을 때마다 남한 곳곳에서 국민대회가 개최되고 군중의 시위가 벌어졌다. 서울에서는 5만 명이 참가한 군중대회가 치러져서 휴전을 반대하며 단독으로라도 압록강까지 진격할 것을 주장하기도 했다.

1953년 6월 8일, 휴전협정에서 포로송환 협정이 전격적으로 조인되었다. 포로송환 협정은 곧 이어 휴전협정이 이루어질 것임을 예고하는 것이었다. 그로부터 열흘 뒤 이승만 대통령은 미국을 비롯한 유엔참전국의 반대를 무릅쓰고 비밀리에 반공포로를 석방한다. 8개 수용소에 수용됐던 35,698명 가운데 27,388명이 탈출했고 56명이 유엔군의 총에 맞아 사망했다.

이렇게 탈출한 반공포로들은 정부와 민간의 도움을 받아 인근 지역사회에 빠르게 정착했다. 미군을 비롯한 유엔군은 나중에는 포기했지만 처음에는 이들을 검거하려는 시도를 적극적으로 취하면서 사회 곳곳이 경직되기도 했다. 휴전회담이 진전을 보이던 시기 잠시 소강상태를 맞았던 전선에서는 휴전협정 전에 조금이라두 영투를 더 차지하려는 격렬한 전투가 벌어졌다.

하루아침에 고향을 떠나온 이북 출신들에게는 고향으로 돌아갈 수 있다는 희망이 점점 희박해져 가는 기간이었다. 고향을 포기하고 낯선 남한 땅 어디선가 무엇이든 하면서 먹고 살 방도를 찾아야 하는 시기였다.

7-8 서울대학교 입학

휴전협정이 체결되기 3개월 전인 1953년 3월, 나는 고등학교를 졸업했다. 모든 것이 불투명한 사회였지만 나는 내가 가야 할 길을 명확하게 알고 있었다. 아니 전쟁터에서 겨우 목숨을 잃지 않고 살아났을 때부터 내 스스로가 내린 내 삶의 목표는 못다 한 공부를 하는 것 외에는 다른 어느 것도 없었다. 큰 고민하지 않고 나는 서울대학교에 입학원서를 접수시켰다. 문리대 사학과였다. 역사를 공부해 보고 싶은 것도 어려서부터 가져왔던 생각 중에 하나였다.

내가 살던 영주동에서 문리대가 있던 서대신동까지 걸어가면 한 시간 가까이 걸리는 거리였다. 시험 날 아침 어머니가 어디 가셨는지 아무리 찾아도 찾을 수 없었다. 시험 시간은 다가오는데 주머니에 버스를 탈 돈이 없었다. 하는 수 없이 보수동 고개를 넘어 서대신동까지 한달음에 뛰어갔다. 학교 교정에 도착하니 시험시간에서 15분 정도 늦었다.

허겁지겁 시험장에 들어가니 이미 시험은 시작되어 모든 학생들이 답안지를 작성하고 있었다. 시험감독을 하던 선생님은 시험 보는 사람이 늦으면 되느냐고 야단치면서도 시험은 치를 수 있게 배려해 주셨다. 아마도 항상 입고 다니는 군복에 상이용사 휘장을 보고 배려해 주신 것 같았다.

그리 오래지 않아 합격자 발표가 있었다. 조마조마한 심정으로 친구 몇몇과 함께 합격자 명단을 보러갔다. 높다랗게 붙은 벽보를 두근거리는 심정으로 살펴보다가 드디어 내 수험번호와 이름을 발견했다. 친구들이 자기 일처럼 기뻐하며 서로 얼싸 안고 헹가래도 쳐 주었다. 그 순간 나는 정말로 기뻤다. 당장 걱정해야 할 입학금이나 등록금 문제도 애써 떠올리지 않았다.

합격의 기쁨은 오래가지 않았다. 당장 다음 날부터 나는 부산 제4부두 하역장에 일자리를 구해서 출근했다. 맡은 일은 하역장에서 하역한 물품을 검수하는 일이었다. 저녁 7시까지 출근해서 다음 날 아침 6시에 퇴근했다. 부산 제4부두에서 하역하는 물품은 전체가 미군 보급품과 미국의 사회단체에서 보내온 구호물자였다.

미군 헌병들이 선상에 배치되었는데 그들의 관리하에 하역되는 물품을 품목별로 일일이 기록하는 일이 내게 주어졌다. 물품은 쉴 새 없이 도착하고 밤 12시경 한 시간 쉬는 시간을 제외하고 일은 아침 6시까지 잠시도 눈을 붙일 새 없이 계속됐다. 아침 6시에 퇴근하면 근처에서 간단한 음식으로 아침을 먹고 바로 학교로 등교했다.

학교에 가면 쏟아지는 졸음과 사투를 벌이는 일이 많았다. 하루는 한국현대사 특강을 듣다가 나도 모르게 잠이 들었다. 일어나 보니 강의실은 텅 비어 있었고 나 혼자였다. 스스로 민망하기도 하고 누가 볼까 싶어 얼른 일어나 강의실 밖으로 나오니 같이 입학한 이순덕이라는 여학생이 지나가다가 보고 웃으며 다가왔다.

"강의시간에 그렇게 자면 어떻게 해요?"

핀잔처럼 얘기했지만 배려가 묻어나는 말투였다. 그녀와 나는 강의실 뒤편 잔디밭에 함께 앉았다. 따사로운 햇살을 받으며 나란히 앉았다. 지금의 내 사정을 솔직하게 얘기했더니 묵묵히 듣고 있던 그녀가 매주 주말마다 강의 내용을 정리해서 나에게 전해 주겠다고 했다. 지금 생각해도 참 고마운 친구다.

수복된 것과 그때로인 것, 그리고 떠남

휴전이 이루어지자 정부도 학교도 사람들도 서울로 돌아가기 시작했다. 이들 사람들은 서울수복이라고
불렀다. 서울때학교도 9월 2학기 개강은 서울 동숭동으로 '수복'해서 한다고 공지했다. 원래 그 자
리에 있었던 정부나 학교나 서울사람들에게는 수복이었지만 나처럼 이북에서 내려온 사람에게
수복은 또 한 차례 낯선 곳으로 이주해서 버텨내야 하는 힘겨운 과제일 뿐이었다.

8-1 수업료 7,500원

그렇게 우여곡절 끝에 한 학기를 마쳤다. 쉽지 않은 나의 대학생활처럼 질질 끌던 휴전협정도 한 학기를 마칠 즈음 마침내 조인되었다. 남과 북 사이에 전쟁 전에 있었던 38선처럼 위치만 조금 바뀐 휴전선이 여전히 그어져 있었다. 나와 우리 가족 그리고 수십만 명의 이북 사람이 고향에 갈 수 없는 상태가 되어버렸다.

전쟁은 많은 사람들에게 전쟁 이전의 평화를 허락하지 않았다. 돌이켜 보면 자원입대한 이래 하루하루가 겪어본 적 없는 새로운 도전이었다. 총알이 스쳐 지나가던 전쟁터에서도 그랬지만 제대 후 낯선 부산 땅에 내던져지듯이 나와 지금까지의 삶도 마찬가지였다.

휴전이 이루어지자 정부도 학교도 사람들도 서울로 돌아가기 시작했다. 이를 사람들은 서울수복이라고 불렀다. 서울대학교도 9월 2학기 개강은 서울 동숭동으로 '수복'해서 한다고 공지했다. 원래 그 자리에 있었던 정부나 학교나 서울 사람들에게는 수복이었지만 나처럼 이북에서 내려온 사람에게 수복은 또 한 차례 낯선 곳으로 이주해서 버텨내야 하는 힘겨운 과제일 뿐이었다.

여름방학 기간을 이용해서 먼저 나 혼자 서울로 올라왔다. 남산 아래 회현동이 집이었던 동창 차상필의 집에 얹혀서 또

한 번의 이방인이 되어 서울살이를 시작한 것이다. 방학 기간 동안 일자리를 구해야 했지만 폐허가 된 서울에서 일자리는 없었다. 폐허가 된 서울의 을씨년스런 풍경은 그 안에 사는 사람 가슴마저 답답하게 했다.

방학이 끝나기 전에 우리 가족도 모두 서울로 이사를 했다. 서울에 아무런 연고가 없었기에 용산구 청파동 이모님 집으로 이사했다. 9월을 맞아 처음으로 동숭동 서울 문리대로 등교를 했다. 학교에 가니 교복과 학사모를 팔고 있었다. 서울에 살던 친구들 가운데 더러는 그 자랑스러운 모자와 교복을 사서 입고 서울거리를 활보하면서 다녔지만 나는 부러운 눈길도 줄 만한 형편이 못되었다.

오히려 2학기 등록금을 어떻게 마련하느냐가 큰 고민거리였다. 일자리가 없어 돈도 모으지 못했고 부모님도 서울로 이사하면서 여윳돈이 전혀 없어 보였다. 내가 상이군인이어서 그나마 후원회비를 면제받았지만 수업료 7,500원은 반드시 지불해야 했다.

나는 나대로 전전긍긍하고 부모님도 별 뾰족한 방법을 찾지 못해서 안타까워만 하고 있는데, 그때 우리 옆방에 같이 세들어 살던 대한신학교 선생이었던 이순환 전도사가 내 사정을 딱하게 생각하면서 수업료 7,500원과 쌀 반 가마니를 주었다.

이순환 전도사는 신학교 선생이어서 월급을 받았다. 또 교재가 없던 시기에 직접 등사기로 교재를 만들어 팔아서 우리 집과는 비교도 할 수 없을 만큼 형편이 나은 처지였다. 아무리 형편이 낫다고 하지만 어찌 보면 다 같이 어려운 피란민 살림인데 별 인연 없는 내 수업료를 내주고 우리 가족이 서울에 정착할 수 있게 쌀까지 도움을 준 것은 평생 잊을 수 없는 고마움으로 남는다.

이순환 전도사와의 고마운 인연은 이후로도 계속 이어졌다. 그는 대한신학교 교수로 재직하면서 신학교 학생을 가르치는 일을 했는데, 당시로서는 시중에 마땅한 교재가 없었다. 그는 직접 등사기를 사서 100페이지 넘는 교재를 만들어서 120명이 넘는 학생들에게 팔아서 가르쳤다. 이 일을 담당했던 것이 그 동생이었다. 동생은 대광고등학교 학생이었는데 축구를 좋아해서 축구선수가 되면서 그 일을 할 사람이 없게 된 것이다.

나는 이순환 전도사를 도와서 책을 만들었다. 2학기를 마치고 겨울방학 내내 나는 손에 물집이 잡히도록 등사기를 밀었다. 물집이 터지면 손에 붕대를 감고 그 일을 마친 덕분에 다음 학기 수업료도 걱정할 일이 없었다. 이때 익혔던 등사기술은 뒤에 교회에 다니면서 유년부 주일학교 교재와 찬송가 악보를 만들 때 요긴하게 써먹었으니 일거양득인 셈이었다.

8-2 유학을 꿈꾸다

풍족하지는 않지만 이후 나의 대학생활은 평탄했다. 대학 3학년 때의 일이다. 고등학교 동창이자 서울대 문리대 사회학과 재학중이던 홍인준이라는 친구가 찾아왔다. 서울대 의대 교수로 재직중인 심상환 교수를 잘 안다며, 심상환 교수가 우리나라에서는 최초로 예방의학 과목을 개설해서 가르치는데 교재가 없다는 것이었다.

심상환 교수는 당시로서는 예방의학계에서 독보적인 존재여서 서울대뿐 아니라 연세대, 이화여대 같은 서울의 다른 의과대학과 지방의 대구대나 전주대학 등 지방대학까지 강의를 하러 다닌다고 했다. 교재가 500페이지가 넘고 부수도 1천 권이 넘는데 책이 완성되면 당신이 강의하는 대학 전부 사용할 예정이니 자유롭게 판매해서 수익금을 가져가도 좋다는 것이었다.

나는 홍인준과 더불어 당장 서울역 앞에 있는 공타자 학원에 찾아갔다. 거기서 교재를 공타자로 찍게 하고, 공타자 원지를 받아다가 직접 등사기로 밀었다. 천 부가 넘는 책을 완성해서 각 학교를 찾아가 학생대표를 만나서 흥정하자 모두 구입하겠다고 약속했다. 우리가 찍은 천 부의 교재는 모두 완판됐다.

어쩌면 사소한 것 같은 이런 경험들이 쌓이면서 점차 생활에 자신감이 생겼다. 아무런 연고도 없는 곳에 와서 고등학교를 마치고 대학에 진학했고, 이제는 대학도 아무 탈 없이 마쳐가고 있었다. 대학 졸업 후의 진로를 조심스럽게 고민하기 시작할 무렵인 3학년 겨울방학 때의 일이다.

한 친구가 자기 친척이 하와이에 산다며 같이 미국 유학을 가자고 제안해왔다. 학교를 마치고 대학원에 진학할까 아니면 직장을 잡아야 할까 내심 고민하기 시작할 무렵이었다. 생각지도 않았던 미국 유학이었지만 이야기를 듣는 순간, 어차피 태어났던 고향을 떠나 내 한 몸에 의지해서 살아가는 것은 마찬가지다 하는 생각이 들었다.

한번 마음먹은 생각은 스스로 자가 발전했다. 이미 마음은 미지의 세계, 미국으로 건너가서 외국인들 틈에 끼어 공부하고 있었다. 한번 알아나 볼까 했던 생각은 꼭 가봐야 할 것 같은 욕심으로 발전해가고 있었다.

그런 욕망이 생겨나니 행동도 곧바로 뒤따랐다. 하루는 친구와 같이 미국대사관 공보과에 갔다. 미국의 대학 리스트를 찾아보다가 일리노이 주 휘턴대학Wheaton College과 버지니아 주립대학Virginia State College에 원서를 보내봤다. 꼭 유학을 간다는 생각은 없이 경험삼아 한번 보내본 것이었는데 뜻밖으로 버지니아 주립대학에서 입학허가서를 보내왔다. 한편으론 놀랍기도 하고 내가 유학 가는 일이 전혀 불가능하지 않은 것을 확인하는 순간이었다.

입학허가서를 받아 들자 나는 내가 유학을 갈 수도 있다는 생각이 들었다. 갈 수 있을지 아니면 이렇게 꿈만 꾸다가 국내에 남아 취직을 할지 아직은 불투명한 상태였지만 준비는 해둬야 할 것 같았다.

그 무렵 나는 회현동 한양장로교회 청년부에 다닐 때였다. 나와 찬양대에서 같이 봉사활동하던 친구 중에 숭실대 졸업반에 다니던 김봉식이란 친구가 있었다. 우리는 의견이 맞아서 우리 교회에 야간 영어회화 강좌를 개설했다. 미8군에 다니는 지인을 통해서 맥클레이 대위^{Cap. Mc Cray}와 매더 대위^{Cap. Mather}를 소개받았다.

두 사람의 미군장교는 주중에 밤 7시부터 우리 교회로 와서 교회 빈 공간에서 우리를 가르쳤다. 이렇게 모인 인원이 15명이었다. 두 분의 미군장교가 3일씩 밤마다 영어를 가르쳤는데 우리는 주로 회화를 배웠다.

당시에 유학을 갈 수 있는 자격은 이공대는 2년 수료자, 인문계는 4년 졸업자였다. 이 가운데 문교부에서 주관하는 유학시험 즉, 영어, 국사, 전공과목 시험을 쳐서 합격한 사람에 한해서 유학 수속을 할 수 있는 자격이 주어졌다. 영어를 공부하는 동안 나는 1957년 3월에 서울대 문리대를 졸업하고 문교부의 유학시험에도 응시해서 합격했다. 유학을 가기 위한 준비를 모두 마친 상태였다.

어렵게 모든 국내 수속을 마치고 여권까지 받은 상태에서 이제는 최종적으로 미국대사관에서 시행하는 시험(RATO TEST)만 남겼을 때였다. 하루는 같이 영어공부하던 친구 김봉식이 자신이 내일 미국으로 떠난다고 했다. 나는 깜짝 놀랐다. 당시 가장 힘든 것은 미국시민 가운데 누군가가 신원보증을 해 주는 일이었다.

학생비자로 미국에 들어가서 사고나 질병이 발생했을 때 재정적으로 보증을 해 주는 것에서부터 행방불명이 되어 불법체류할 경우 등에 대해서 책임을 나눠지는 것이 바로 신원보증의 내용이었다. 아무리 친한 관계라 해도 혈혈단신으로 미국으로 건너가는 학생에게 발생할 수 있는 여러 가지 문제를 보증하려는 사람은 드물었다.

나는 그 친구에게 물었다.

"보증을 어떻게 구했어?"

"음, 그게…. 캡틴 매더에게 많은 대가를 지불하고 해달라고 했어. 자네도 캡틴 맥클레이한테 부탁해봐."

불행히도 나는 그런 거금을 주고 부탁할 형편이 안 되었다. 한편으로는 부럽기도 하고, 아무런 상의도 없이 혼자 미국으로 가버리는 친구가 괜히 야속하기도 했다. 친구가 미국으로 떠나가고 난 며칠 후 캡틴 맥클레이가 나에게 말을 붙여왔다. 자신이 이엘아이ELI에서 영어강좌를 시작하는데 들어와서 무료로 청강하게 도와줄테니 들어와서 들으라고 했다.

그러면서 한 마디 덧붙여서 지나가듯이 물었다.

"김봉식은 미국에 유학을 갔다고 하던데 너는 왜 안 가지?"

"한국에서 미국으로 유학 가려면 미국시민증을 가진 재정 보증인이 필요한데, 나는 구할 수 없어요. 거금을 주고 살 수도 없는 형편이죠."

"그래? 잠깐만 기다려봐요."

"예? 무슨 말이죠?"

"내가 혼자 결정할 수 없으니, 아내에게 편지로 상의해서 결정되면 알려줄게요."

다음 주가 되어 나는 혹시나 하는 생각에 맥클레이의 강의를 들으러 갔다. 맨 뒷자리에 앉아서 영어책을 펴고 앉았는데, 강의 중이던 그가 나를 알아보고 엄지손가락을 치켜들었다. 강의가 끝나고 그는 나에게 다가와 말했다.

"아내에게 상의했더니 흔쾌하게 동의했어요. 이번 주 금요일에 대사관에 같이 들어가서 신원보증서 쓰시죠."

"아, 너무 고맙습니다."

정말 뭐라 말하기 힘들 만큼 고마운 일이었다. 나는 고맙다는 말 이외에 더 할 수 있는 말이 없었다. 한편으론 친구 김봉식은 적지 않은 사례금을 줬다는데 아무것도 줄 수 있는 것이 없다는 것이 마음에 걸려 주저하고만 있었다.

"그런데 무슨 걱정이 있나요?"
"너무 고마운 일인데 저는 당신에게 아무것도 줄 수가 없어요. 사례를 어떻게 하면 될까요?"
"하하하, 나는 그런 사람 아니에요. 당신이 미국 가서 공부 열심히 해서 성공하면 우리 부부는 그것으로 최상의 보람을 느낄 겁니다. 아무 걱정하지 마세요."

나는 순간 눈물이 핑 돌았다. 무모할 만큼 충분한 준비 없이 유학을 가겠다고 생각했는데, 이렇게 도움을 주는 사람이 내 앞에 나타날 것은 꿈에도 생각하지 못한 일이었다. 그는 이미 입학허가증을 받은 버지니아 주립대학에 꼭 가고 싶은지 물었다.

자기 어머니가 캘리포니아 메르시드 시에서 혼자 사시는데 그곳에서 40마일 떨어진 곳에 프레즈노라는 곳에 프레즈노 주립대학이 있다면서 그곳으로 학교를 옮겨가면 어려운 일이 있을 때 자신의 어머니가 도움을 줄 수 있을 거라고도 했다. 너무도 친절한 배려에 나는 그러겠다고 대답했다.

그 다음 주 금요일에 미국대사관 앞에서 맥클레이를 만났다. 영사과에 들러서 신원보증서 양식을 받아서 그가 작성하고 서명하여 재정보증서 문제는 완결되었다. 1958년 9월 신학기부터 입학하기로 했다. 대사관에서 유학생 비자도 받았다. 이제 모든 준비를 마치고 떠나기만 하면 되는 것이었다.

대사관을 나와서 헤어지려고 하는데 그가 조선호텔 구락부에 가서 아이스크림이나 먹고 가자고 했다. 그 당시 조선호텔은 지금처럼 높은 건물이 아니었지만 일제강점기 때부터 지어진 건물로 서울에서는 가장 큰 호텔이었다. 난생 처음 들어와 본 호텔 건물은 나를 압도했다. 그는 나에게 무엇을 먹을 거냐고 물었다.

메뉴판을 주면서 고르라고 하는데 나는 영락없이 어리둥절하고 뭐가 뭔지 모르는 촌사람이었다. 당신은 무엇을 먹을 거냐고 되물었더니, 그는 커피에 아이스크림을 먹는다고 했다. 뜨거운 커피와 차가운 아이스크림을 같이 먹으면 설사하지 않느냐고 물었더니 그가 크게 소리 내어 웃는다.

유학 수속을 다 마친 꿈같이 어리둥절한 일인데, 그날 조선호텔에서의 기억은 가본 적 없는 미국사회에서 내가 헤쳐가야 할 낯선 풍경들을 미리 보여 준 일화였다.

8-3 미국으로!

1958년 7월, 나는 여의도 비행장에 서 있었다. 주변에는 부모님과 동창생 그리고 교회의 친구들과 지인이 배웅을 나와서 환송해줬다. 낯선 곳으로 떠나는 나와 나를 배웅하러 나온 많은 사람들이 서로에게 보여주는 모습도 낯설었다. 단지 오랜 시간 동안 볼 수 없다는 애석함만이 눈물을 찍어내게 만들었다.

이윽고 비행기에 올랐다. 미국 직항이 없었던 시절이라 비행기는 일본 도쿄로 먼저 날아갔다. 그곳에서 내려서 비행기를 갈아타야 했다. 이륙한 비행기에서 내려다본 한국은 아래서 생활할 때보다 훨씬 더 가난한 나라였다. 바라보이는 산마다 나무가 없는 벌거숭이고, 한강도 금강도 누런 황토색으로 흘러가고 있었다. 마침 계절은 장마철이었다. 한국을 떠나며 비행기 창밖으로 보이는 내 나라의 마지막 풍경은 온통 비에 젖은 황토색뿐이었다.

도쿄에 도착해서 1박을 했다. 도쿄공항에 도착한 날 밤에 공항을 빠져나가 거리를 거닐었다. 서울거리를 벗어나 처음으로 타국의 거리를 걷는 것이었다. 당시 도쿄는 낯선 이방인의 부러움을 충분히 끌어낼 만큼 휘황찬란했다. 상점마다 쌓여 있는 물건들이 먼저 눈에 들어왔다. 저 다양하고 많은 상품들이 모두 소비될 만큼 이 나라는 사람들이 부를 축적하고 잘살고 있을 것이다.

그중에서도 나를 견딜 수 없게 유혹하는 것은 가게 진열장 안에 정말 먹음직스럽게 쌓여 있는 과일이었다. 양도 양이지만 하나하나 생긴 모양도 목에 침이 저절로 넘어갈 만큼 탐스러웠다. 주머니에 손을 넣어 봤다. 미화 50불이 잡혔다. 미지의 나라 미지의 생활을 앞둔 젊은 유학생 입장에서 결코 큰돈이 아니었다. 학비와 생활비 그리고 또 어떤 명목으로 얼마나 많은 돈이 필요할지 아직 모르는 상황에서 탐스런 과일은 그야말로 그림 속의 떡이었다.

다음 날 서울에서 도쿄로 올 때보다 훨씬 큰 펜암기를 탔다. 그리고 또 하루 만에 하와이에 도착했다. 당시만 해도 하와이는 지금처럼 많은 사람이 갈 수 있는 휴양도시가 아니었다. 사람도 많지 않았고 큰 빌딩도 20층짜리 힐튼호텔이 유일한 고층빌딩이었다.

한국에서부터 같은 비행기로 여기까지 온 유학생이 여섯 명이었다. 우리는 미지의 세계로 가는 긴장감에 암묵적으로 서로가 서로에게 의지하는 사이였다. 도쿄에서의 숙박은 비행기 티켓에 포함된 호텔에서 잤는데, 하와이에 내려서부터는 전적으로 각자 가진 돈으로 알아서 자고 알아서 먹어야 했다.

우리는 3층짜리 작은 로얄호텔로 인도됐다. 숙박비가 한 사람 당 7불이었다. 저녁밥과 다음 날 아침 모두 호텔 뷔페였다. 나는 태어나서 처음으로 양식을 먹었다. 그 다양하고 기름진 음식을 맘껏 먹으려니 객지에서 배탈이 날까 두려워서 참고 참으면서 조심해서 먹었다.

하와이에서 하루를 보낸 비행기는 다음 날 샌프란시스코로 향했다. 미국 본토가 점점 가까워지니 점점 더 긴장이 됐다. 이제 도착하는구나, 비행기에서 내리면 이제 내가 살아내야 할 구체적이고 낯선 풍경과 제도와 사람들을 맞닥뜨린다고 생각하니 중압감이 밀려들었다. 매 끼니 때마다 나오는 기내식도 거의 손을 대지 않았다.

8-4 프레즈노, 그 더운 날의 기억

드디어 나는 미국 본토를 밟았다. 샌프란시스코 공항에 내려 버스터미널까지 우리 일행 여섯 명이 택시를 탔다. 택시미터가 올라갈 때마다 가슴이 철렁 내려앉는 것만 같았다. 이윽고 샌프란시스코 그레이하운드 버스터미널에 도착해서 택시비를 걷어 내고 나니 나에게 남은 돈이 10불에 불과했다.

여기서 우리는 3명씩 각자 갈길로 헤어져야 했다. 그래도 함께 프레즈노로 향하는 인원이 나까지 세 명이었다. 샌프란시스코에서 프레즈노까지 가는 버스비를 내고 나니 이제는 주머니 속에 1불 75센트만 남았다.

샌프란시스코에서 프레즈노까지는 여섯 시간이 넘게 걸리는 거리였다. 내일부터 맞닥뜨리게 되는 미국생활에 대한 기대와 걱정으로 버스 안에서 눈도 붙이지 못했다. 다른 사람들은 오랜 여정에 피곤했는지 모두 잠들었는데 나는 창밖만 하염없이 바라봤다.

프레즈노는 작은 도시였다. 샌프란시스코는 7월인데도 날씨가 쌀쌀해서 거리에 코트를 입은 사람들이 많이 보였는데, 이곳은 버스에서 내리면서 열기가 후끈 느껴지는 더운 날씨다. 마을 주변에 광활하게 조성된 농장을 제외하면 메마르고 황량한 서부영화의 한 장면 같은 곳이 프레즈노였다.

우리는 혹시 학교에 전화하면 데리러 와줄까 하는 기대감에 전화를 걸었지만 학교에서는 친절하게 학교까지 오는 버스 편을 안내해 주는 것으로 대신했다. 우리는 다시 버스를 타고 학교로 갔다. 내 주머니 속에는 이제 1불도 안 되는 돈이 남아 있었다.

학교에 도착하니 외국학생을 상담하는 교수는 친절했다. 학교는 9월에 개학을 하니 2개월 반 정도 시간이 있다고 말하며, 이 기간 동안 자유롭게 미국생활을 익히라고 했다. 숙소는 여기서 버스를 타고 나가면 가정집에서 하숙을 정하면 된다고 했다. 이렇게 간단한 오리엔테이션을 마치고 그는 우리에게 9월에 보자고 인사했다.

우리 세 명 가운데 한 사람은 학교에서 프레즈노 시내에 있는 와이엠씨에이YMCA를 소개해 주어서 그곳으로 갔다. 나와 Y 씨라고만 알려진 또 한 사람 둘이 남았다. Y 씨는 시카고대학으로 가기로 되어 있었지만 9월 학기가 시작되기 전까지 이곳에 남아 나와 함께 있겠다고 했다.

우리는 학교 주변에 하숙집을 구하러 나갔다. 그때까지만 해도 미국사회도 인심이 좋았다. 첫집에서 우리는 주인 할머니가 안내해 주는 2층으로 올라가서 각자 크고 작은 방에 머물기로 결정했다. 조금 큰 방은 한 달에 15불이고, 작은 방은 10불이었다. 나는 가진 것이 하나도 없다고 밝히고 개학 전까지 돈을 벌어서 방값을 내겠다고 말씀드렸다. 할머니는 조금도 망설임 없이 승낙해 주셨다.

그리고 저녁이 되자 할머니는 새 식구들에게 저녁을 대접하겠다고 하시며 손수 저녁상을 차려서 먼 길을 온 우리를 대접해 주셨다. 저녁을 먹고 나니 며칠씩이나 걸리는 긴 여정에서 쌓였던 피로가 한꺼번에 몰려왔다. 방안에 누웠더니 처음에 낯설었던 이 작은 방이 아늑하게 느껴졌다.

그야말로 만리타향에서 보내는 첫날밤이었다. 혈혈단신으로 이 낯선 곳에서 잘살 수 있을까 잠깐 생각해봤다. 그런데 함흥 정치보위부 지하 감방에서 있었던 학살에서도 혼자 살아났는데 뭘 두려워 할 것 있나 하고 스스로 위안 삼았다.

그때도 그랬지만 반룡산 학살이나 전쟁터에서의 숱한 죽을 고비에서도 나는 살아남았다. 내 의지만으로 지금까지 건재하게 살아 있을 수는 없었을 거라 생각했다. 모든 염려도 혼자라는 설움이나 불안도 떨쳐버리고 예전에 그랬듯이 하나님의 인도하심만 믿고 담담하게 기다리자고 다짐했다. 그렇게 마음먹으니 마음이 가벼워지면서 까무룩 잠이 들었다.

다음 날 아침 우리는 시내로 향하는 버스에 올랐다. 버스값이 얼마인지 몰라서 손바닥 위에 가지고 있던 동전을 모두 올려놓고 버스운전사에게 내미니까 운전사가 동전 몇 개를 집어갔다. 남은 동전을 주머니에 넣으면서 곁에 있던 Y 씨에게 농담처럼 얘기했다.

"엽전 쓰기도 힘드는구만…."

둘이 마주보며 웃고 있는데 뒤에서 누군가 내 어깨를 두드
렸다. 깜짝 놀라서 뒤돌아보니 한국 사람 하나가 반가운 표정
으로 우리에게 아는 척을 했다.

"한국에서 오셨나요?"
"예! 한국에서 출발해서 어제 여기에 도착했습니다."

너무도 반가운 마음에 우리는 다음 정거장에서 다 함께 내
렸다. 서로 인사를 나누는데, 그는 프레즈노 대학에서 교육학
을 전공하는 사람이라고 했다. 그는 잠시 어디를 갔다오더니
수박 한 덩이를 가져왔다. 셋은 맛있게 수박을 먹으면서 이야
기를 나눴다.

그는 홍 씨였다. 우리 처지를 설명하자 그는 자신은 지금
일하러 가는 중이어서 오래 얘기를 하지 못하는데, 여기서
20마일쯤 남쪽으로 내려가면 리들리라는 작은 마을에 '김호
복숭아 농장'이 있다고 했다. 한국인인 김호 씨가 운영하는
커다란 복숭아 농장인데 마침 지금이 수확기여서 미국 전역
에서 한국유학생들이 방학을 이용해서 아르바이트하러 모인
다고 했다. 그곳에 가면 정보도 얻을 수 있고 돈도 벌 수 있다
고 했다.

그날은 일단 그와 헤어지고 집으로 돌아왔다. 돌아와서 Y 씨와 상의했다. Y 씨는 자신은 여기에 남아 있겠다고 했다. 나중에 안 사실이지만 그는 굳이 아르바이트를 할 필요가 없을 만큼 유복한 가정에서 자란 사람이었다.

다음 날 나는 혼자서 버스를 타고 리들리로 갔다. 무슨 일을 하는지, 또 언제부터 하는지 아무것도 알 수 없는 상태여서 처음에 입고 온 셔츠에 신사바지, 구두를 신고 갔다. 농장 사무실에서 만나 김호라는 분은 한참 동안 나를 바라봤다. 그러더니 문득 오후부터 일하라고 했다.

프레즈노 리들리의 복숭아 농장은 한인 김호 씨와 김형순 씨가 함께 일군 커다란 기업농이었다. 하와이 이민 1세대가 계약 기간이 끝나자 거의 캘리포니아로 이주하게 된다. 2천여 명에 달했던 이들 가운데 500여 명이 바로 이 복숭아 농장에서 일을 했을 만큼 이곳은 초창기 한인사회의 구심 역할을 담당했다.

김호는 1884년 서울 태생으로 지금의 경기고 전신인 한성중학교 1회 졸업생이었다. 배재학당과 이화학당 그리고 안창호 선생이 설립한 평양의 대성학교에서 교편을 잡아 후진양성에 힘쓰다가 대성학교가 일제에 의해 폐교되자 부인과 아이들을 두고 1912년 11월 상해로 건너간다. 거기서 전차운전사로 일하며 돈을 벌어 1914년 배를 타고 샌프란시스코로 들어왔다. 도산 안창호 선생이 미주지역에서 만든 '대한인 국민회'에서 보증을 받아 유학생 자격으로 입국한 것이다.

김호는 미국에 들어온 후 대한인 국민회의 열성회원이 되었다. 1919년 3월, 독립만세운동이 일어나자 그는 미국 전역을 순회하면서 동포들을 상대로 강연해서 1만 달러의 독립자금을 모아서 상해임시정부 준비자금으로 쓸 수 있게 했다.

그와 함께 이 복숭아 농장을 일군 사람이 김형순이다. 그는 1886년 경남 통영 출신으로 배재학당을 졸업했다. 1903년 일찍이 첫 이민선의 통역 자격으로 하와이로 입국해서 1906년 로스앤젤레스 고등학교를 다녔고 졸업 후 일시 귀국했다가 이화학당 출신 아내를 만나 결혼하고 1913년에 다시 미국으로 돌아와 학업을 계속했다.

그의 아내의 이화여고 시절 은사였던 김호가 미국에 들어오자 프레즈노 리들리로 초청해서 1920년에 함께 '김형제상회Kim Brothers co.'를 설립했다. 그는 뛰어난 경영수완을 가진 사람이었다. 미국인 원예가 앤더슨에게 의뢰해서 자두와 복숭아를 접종해서 넥타린이라는 털 없는 복숭아를 개량 생산했는데, 이 김형제상회에서 이를 미국 전역에서 독점 생산하고 판매하는 권리를 가졌다.

그렇게 해서 이곳 리들리에 농장과 포장회사를 설립했는데, 규모가 6개의 농장에 600 에이커에 달했고, 포장회사도 40만 달러를 들여서 짓게 된다. 이들은 수확한 과일을 포장해서 미국 전역에 도매로 공급했다. 한창 성수기 때에는 120 대의 트럭이 동원되었다고 한다.

자연스럽게 이곳 리들리 김형제상회와 농장은 한인들이 모여들고 미국 내 한인들의 항일운동의 중심지가 되었다. 김호, 김형순 두 사람은 한인들로서는 전례가 드물게 동업으로 사업을 성공시킨 최초 한인 백만장자였다. 또한 돈을 많이 벌었을 뿐만 아니라 미국 내 한인사회를 위해 많은 지원을 아끼지 않았던 인물이다.

그들은 미국 내 독립운동을 체계적으로 실행하고 한국이나 중국 내 다른 독립운동 단체에도 독립자금을 제공했다. 자신들이 번 돈으로 한인들과 한인사회를 도왔으며 LA 한인회관을 짓는데도 큰 역할을 했다. 이외에도 한국어 교육을 위한 고려학교 설립, 한인교회 신축, 대한인 국민회 복원 및 회관 건립 등을 비롯해서 여름철이면 미국 전역의 유학생들이 이곳에 모여 학비를 벌 수 있게 했다.

내가 찾아간 그날은 몹시 더웠다. 끝이 보이지 않는 광활한 대지에 20미터 높이로 자란 복숭아나무가 10미터 간격으로 도열해 있었다. 잘 익은 복숭아가 한 나무 당 100여 개씩 달려 있는데, 복숭아는 출하 시기를 놓치면 안 되기 때문에 한꺼번에 많은 인력이 투여되어 단시간 내에 출하해야 했다.

아침부터 일하던 유학생들은 이 나무 저 나무에 올라가서 복숭아를 따다 말고 나를 보고 어디서 왔느냐고 물었다. 나는 처음 해 본 일이어서 서툴게 일하는 틈틈이 말을 붙여오는 사람들과 인사를 나누었다.

농장에는 이 넓은 농장에 충분히 물을 줄 만한 계곡이나 시냇물이 없었다. 밤새 지하수를 퍼 올려서 저장했다가 한낮에 물을 뿌려줬다. 물을 뿌려줘도 이내 말라버려서 한낮 땡볕에 말라버린 토사는 발목까지 덮이기 일쑤였다. 땀은 쉴 새 없이 흐르고 수건으로 닦고 또 닦아도 마르지 않았다.

힘든 하루 작업을 마치고 숙소로 돌아오자 이민 1세 아주머니가 밥을 해놓고 기다리고 있었다. 숙소는 2-3명이 한 방에서 같이 썼다. 급여는 시간당 1불로 식사와 숙소 비용을 제하고 나면 주급으로 15불 정도 손에 쥘 수 있었다. 숙소에 돌아와 구두를 보니 뜨거운 토사에 거의 구워진 것처럼 검은 구두가 갈색으로 변해 있었다. 저녁 식사 후 프레즈노로 나가서 우선 작업복과 작업화를 샀다.

다음 날 일어나 아침을 먹고 트럭을 타고 농장으로 이동했다. 힘들게 일하지만 서로서로 어려운 형편의 사람들이 모여 여러 가지 사정도 서로 들어주다 보니 친구가 여럿 생겼다. 처음 샌프란시스코에 도착해서 이 낯선 곳에서 어떻게 적응할까 생각하며 가졌던 걱정은 기우에 지나지 않았다.

8-5 삶이 그대를 속일지라도

아무리 힘들고 고달파도 고생은 이미 각오한 것이니 애초 어려운 것이 아니었다. 부모님이나 고향에 대한 그리움, 외로움도 주변에 비슷한 처지에서 함께 하는 사람들이 있어 잊을 수 있었다. 점점 적응하면서 마음이 편안해졌다.

이북에서 살 때 읽었던 러시아 시인 푸시킨의 유명한 시구는 내가 힘들고 지쳤을 때마다 자주 저절로 읊조리는 일종의 버릇이 되어 있었다.

삶이 그대를 속일지라도
슬퍼하거나 노여워 마라
슬픔의 날을 참고 견디면
기쁨의 날 오리니
마음은 미래에 살고
현재는 늘 슬픈 것
모든 것은 순간에 지나가고
지나간 것은 다시 그리워지리너

그렇게 리들리에서 일하며 돈을 벌면서 안정된 생활을 정착시켜 나가던 어느 토요일이었다. 나는 프레즈노의 하숙집을 찾아 주인 할머니에게 방값을 지불했다. 그리고는 오랜 만에 만난 Y 씨와 프레즈노의 친구들과 잡담을 나누고 있었다. 그때 친구들 중 하나가 솔깃한 이야기를 했다.

새크라멘토 포도 농장에 가면 포도수확을 하는데 수확한 양에 따라 차등해서 수당을 지불하는 방식이라는 것이다. 보통 박스 하나에 0.5불을 주는데, 평균 8시간 일하면 25박스를 수확할 수 있다는 것이었다. 8시간 이상 일하면서 하루에 40박스 정도를 수확하면 20불인 것이었다. 같이 이야기를 나누던 우리들 중에 4명은 다음 날 즉시 새크라멘토로 달려갔다.

새크라멘토는 샌프란시스코 북동쪽에 있었다. 이곳에 와서 우리는 토요일까지 일했다. 익은 포도만 따서 채우려니 시간도 많이 들고 힘도 들어서 약간 덜 익은 포도를 따서 박스 아래에 깔고 위에는 잘 익은 포도로 얹었다. 이렇게 일하니까 하루에 40−50박스씩 채울 수 있었다. 우리는 학교 개강 전까지 각자 수중에 400불 정도를 벌었다.

당시 등록금이 학기당 175불 정도였는데 두 학기 등록금 이상을 번 것이다. 9월 22일경 첫 학기 등록을 하고, 학교 식당에서 일주일에 3일, 3시간씩 일해서 용돈도 벌고 끼니도 해결했다. 한 학기가 마무리되는 12월 크리스마스를 즈음해서 일주일 동안 방학이었다. 이때도 나는 포도 농장으로 가서 포도나무 전지를 하면서 돈을 벌었다.

미국에 건너와서 돈도 벌고 학교도 다니고 하면서 6개월 동안 정신없이 보내다 처음으로 여유를 가지고 진로에 대해서 곰곰이 생각해 볼 기회를 얻은 것이 바로 이때였다. 서울대학교 때부터 역사를 공부했지만, 여기서 미국사를 공부해서 대학원을 마쳐도 장차 얻을 수 있는 직업이 학교 교사 외에는 달리 할 일이 없을 것 같았다. 만약 여기서 전공을 경제학으로 바꿔서 은행학 같은 것을 수료하게 된다면 나중에 서울로 돌아가서 한국은행 같은 안정되고 사람들 선망의 대상이 되던 직장에 들어갈 수 있을 것 같았다.

이미 마음이 그쪽으로 기울자 나는 학교도 사는 곳도 옮길 생각을 했다. 프레즈노처럼 작은 도시가 아니라 아르바이트 자리도 구하기 쉬운 로스앤젤레스나 샌프란시스코처럼 큰 도시로 나가서 살아야겠다는 결심을 굳혔다. 마음속에 찍어둔 대학이 로스앤젤레스에 있는 남가주대학(USC)이었다.

때마침 프레즈노 대학에 서울대 법대 10회 졸업생인 또다른 Y 씨가 입학했다. 나보다 1년 선배인 그와는 마음이 맞아서 1960년 봄학기 시작할 무렵에 같이 로스앤젤레스로 내려오게 됐다. 당시 남가주대학(USC)은 외국인 학생에 대해 엄격했다. 입학하려면 6개월 동안 영어과목을 이수해서 시험을 통과해야 본과에 진학할 수 있게 했었다.

Y 씨는 여기보다는 샌프란시스코 대학으로 진학하겠다고 해서 남가주대학을 포기했다. 결국 나 혼자 남아 남가주대학

에 등록했다. 아는 사람의 소개로 마침 학교 근처에 있던 홍사단 본부 2층 방에 기거할 수 있게 됐다. 한 달에 10불만 내면 되는 작은 방이었는데 걸어서 학교까지 10분밖에 안 걸렸다.

로스앤젤레스 할리우드 거리에는 유명한 스테이크 식당이 있었다. 이 식당 아르바이트 학생들은 거의 한국 유학생들이 맡아서 했는데, 나도 일주일에 3일 저녁 이 식당에서 일하게 됐다. 숙소와 일자리가 해결되고 나서 나는 하고 싶었던 경제학 공부에 매진했다. 1960년 첫 학기부터 경제학 전공과목을 이수하기 시작했다. 경제학 과목만 40학점을 신청해서 10시부터 5시 사이에 집중해서 강의를 들었다.

그해 여름방학 때 공공고용박람회가 있어서 들렀다. 캘리포니아 컨슈머 코퍼레이션California Consumer Corp이란 회사에서 여름철 파트타임으로 회계업무를 담당하는 사람을 구한다는 광고가 있었다. 다음 날 바로 찾아갔더니 출근하라고 했다. 미국에 와서 처음으로 난방장치가 구비된 사무실에서 일하게 되니 감회가 새로웠다.

아침 8시부터 오후 5시까지 냉동채소를 각 식품회사와 식료품 가게에 납품하는 회사였다. 매일 우편물이 많이 들어왔는데, 시간 여유가 있을 때마다 아이비엠IBM 타자기를 배울 수 있었다. 또 반자동 계산기도 사용해서 나중에는 수준급의 실력을 갖추게 되었다. 하루는 회사 중간 관리자가 내가 계산

기 연습을 하는 것을 보더니 다음 학기에도 낮에 나와서 일할
수 있겠냐고 물었다. 다음 학기에는 수업이 모두 야간에 있어
할 수 있다고 대답했더니 바로 보조 업무원으로 계속 일하라
고 했다.

8-6 눈물겨운 신혼생활

미국에 온 지 4년째 되는 해였다. 한국에서는 4.19 혁명으로 이승만 대통령이 물러났다는 소식을 접한 지 채 1년이 안 되어 박정희 장군이 5.16 군사정변을 일으켜 정권을 잡았다는 이야기가 전해왔다. 그때까지만 해도 나는 유학을 마치고 한국으로 돌아갈 것이라는 것을 스스로 조금도 의심하지 않았다.

돌아가면 적응해야 하는 한국사회가 커다란 격변을 겪었다는데 어떻게 돌아가고 있는지 궁금하기도 했고, 앞으로 돌아가면 내가 무슨 일을 할 수 있을지도 타진해 볼 겸 나는 학생 비자를 가지고 서울로 들어갔다.

4년 만에 돌아온 서울은 현상적으로는 큰 변화가 보이지 않았다. 부모님은 여전히 어려운 피란살림이었지만 서울 생활에 적응하고 있는 것처럼 보였다. 주변에 있는 사람들은 나를 보더니 하나같이 남들은 미국에 못 가서 난린데 왜 들어왔냐고 힐난했다. 짧은 고국방문에서 한 가지 큰 성과는 약혼식을 치른 것이다. 지금의 처를 만난 것이다.

오랜 만에 만난 친구가 정말 참한 여자가 있는데 만나보라고 권했다. 나는 그렇게 참한 여자가 있으면 네가 만나지 왜 나한테 소개하냐고 되묻으면서도 그냥 한번 만나보기나 한다는 심정으로 소개 자리에 나갔다. 당시 농협은행 인사과에 근무하던 아내는 신식 여성이었다. 교회에 다니며 신앙생활도 열심이었고, 당시 여성으로서는 드물게 안정적인 직장을 다니고 있었다.

그녀는 다른 것은 안 보고 상대가 교인이면 좋겠다는 생각뿐이었다고 한다. 무엇보다 평양신학교를 나온 시어머니의 인자하시고 평화로운 얼굴을 보면서 그분의 아들이면 괜찮겠다 싶어서 나의 청혼을 받아들였다고 한다.

2개월 동안의 짧은 데이트를 즐기고 미국 가기 전까지 다녔던 한양장로교회 최 목사님을 모시고 약혼식을 올렸다. 미국으로 돌아오는 발걸음은 무거웠다. 공부를 빨리 마치면 안정적인 일자리를 구하고 결혼식도 올려야 했다. 나는 공부를 마치면 한국으로 돌아와 한국은행에 입사할 것을 목표로 미국에 돌아오자마자 직장을 옮겼다.

뱅크 오브 아메리카에 입사원서를 내고 출근하다가 다시 3개월 후 유니온 뱅크 무역부로 옮겼다. 이곳에서 나는 수출과 무역결제 서류를 다루는 일을 하게 되었고 이 일은 나중에 내가 사업을 시작하는 데 결정적인 경험을 쌓는 계기가 된다.

10개월 만에 약혼녀도 미국으로 들어왔다. 1963년 7월, 로스앤젤레스 한인연합감리교회에서 최영용 목사님을 주례로 모시고 결혼식을 올렸다. 신혼집은 학교에서 유학생을 상대로 싸게 빌려주는 원 베드룸이었다. 짧은 기간 살았던 이 방은 우리 부부에게 가난한 신혼살림의 추억이 담겨 있는 곳이었다.

　결혼해서 미국으로 건너가서 산다고 다른 사람들의 숱한 부러움을 샀지만 아내의 미국생활은 그다지 녹녹치 않았다. 다니던 은행을 사직하고 그동안 벌어 모은 돈으로 당시로서는 최고였던 앙드레김의 옷도 몇 벌 맞추고, 가방까지 세트로 구입해서 부푼 꿈을 간직한 채 미국에 왔지만 학교 옆 작은 원 베드 아파트에 갇혀 지내는 형국이었다.

　가구도 없고 둘러보면 딱딱한 경제학 서적만 쌓여 있는 방 안에서 아내는 너무 외로워서 매일 울다시피 하며 보냈다. 그러다가 찾은 일자리가 유니온 뱅크 옆 7층에 있었던 모자공장이었다. 유대인 할머니가 모자를 만드는 곳이었는데, 방 하나는 할머니가 생활하는 생활공간이고 다른 한 칸에서 모자를 만들었다. 에어컨도 없는 집에서 선풍기에 의지해서 하루 종일 모자에 단추를 붙이고 집으로 돌아오면 찬물을 받아서 그대로 풍덩 빠져 버렸다.

　그해 따라 인디안 섬머는 혹독했다. 가만히 앉아 있어도 땀이 줄줄 흘러내리는 더위였지만 마치 비비안 리가 영화 속에서나 쓰고 나왔을 것같이 예쁜 모자를 바라보는 일은 즐거웠다고 한다. 방안에 혼자 울고 있는 것보다는 이렇게라도 일을 할 수 있다는 것은 살인적인 더위도 이겨낼 수 있는 힘이 됐다.

　그렇게 더운 여름을 보내고 우리는 로스앤젤레스 외곽 피코 리베라 시티의 낡고 허름한 집으로 이사를 가게 됐다. 이유는 피코 리베라 시티에 소재한 피코 리베라 은행에서 우리 집사람이 한국에서 3년 동안 농협은행에서 일한 경력을 보고 전산경리직 일자리를 주었기 때문이었다. 이 행운의 기회를 놓칠세라 하룻밤 만에 짐을 꾸려서 피코 리베라로 이사했다. 집은 허스름했지만 방 두 칸의 단독주택이었다.

　이 집으로 이사할 때의 일이다. 차 뒤에 작은 트레일러를 달고 모든 짐을 이곳에 실었다. 고속도로를 달리다 보니 백미러에 자꾸 뭔가가 바람에 펄럭이고 있었다. 내려서 확인해 보니 트레일러 안에 있었던 집사람의 옷을 담아두었던 큰 가방이 없었다. 다시 차를 돌려서 처음 고속도로로 진입했던 곳으로 돌아가봤다. 가방은 트레일러에서 떨어져서 대형 트레일러를 끄는 차량에 치여서 찢기고 터져서 안에 있던 옷들이 바로 길옆 나뭇가지에 걸려 나부끼고 있었다.

　미국으로 시집온다고 은행을 퇴직하면서 받은 퇴직금으로 앙드레김 의상실에서 장만한 웨딩가운과 일곱 벌의 비싼 옷들이 모두 바람에 날아가 버린 것이었다. 다행히 그 중 두세 벌의 옷은 주워와서 단을 뜯고 리본을 만들어 기름때 위에 덧대어 입고 다녔다. 아내는 주워온 옷가지를 쳐다보더니 너무도 기가막힌 이 사태를 담담하게 받아들였다. 젊은 날 한 푼 두 푼 모은 월급이 이렇게 처참하게 돌아온 것을 보면서 눈물도 흘리지 않았다.

두 사람이 일을 하게 되니 형편이 좀 나아졌다. 얼마 지나지 않아 우리는 좀 신식 아파트로 다시 이사를 하게 됐다. 아내가 3년 동안 일하고 첫 아이를 갖게 되니 은행을 사직하고 로스앤젤레스 한인타운 2층으로 이사를 했다. 침실이 두 개였다. 임신 초기 아내는 근처에 있는 뱅크 오브 아메리카 피코지점에서 일하게 됐다.

이 은행에 다닐 때의 일이다. 하루는 2인조 은행강도가 쳐들어왔다. 스타킹을 뒤집어쓴 강도는 총을 들고 있었고, 은행에 들어오자마자 총으로 위협하면서 은행원들을 책상 아래 엎드리라고 한 뒤 책상 위에 쌓아뒀던 돈을 몽땅 쓸어갔다. 아내는 엎드린 상태에서도 강도들의 인상착의를 살폈다고 했다.

강도가 가 버리고 난 뒤 에프비아이FBI가 왔다. 범인을 본 사람을 찾는데 아내가 나서서 본 대로 '까만 양복에 금발, 빨강넥타이' 등을 진술하자 범인들은 6개월 뒤에 잡혔다. 은행 사람들은 자기들끼리 두런거렸다고 했다.

"동양인이 겁도 없나봐…."

8-7 비틀즈와 기타, 그리고 찾아온 기회

나는 유니온 뱅크 무역부로 옮겨서 일하고 있었다. 하루는 독일인 동료가 선적서류 뭉치를 내게 던지면서 말했다.

"제이비JB, 이거 한국에서 온 건데 한국 사람인 자네가 네고[negotiation]해 봐!"

벌써 몇 년째 이 은행에서 일했지만 한국과 관련된 서류는 처음 보는 것이었다. 서류를 열어보니 한국의 수도피아노라는 회사에서 주니어기타 3천대를 수출하면서 보내온 서류였다. 당시 비틀즈의 인기는 미국 내에서 폭발적이었을 때였다. 비틀즈의 인기에 힘입어 덩달아서 미국 내 기타의 소비도 엄청났다.

값비싼 전문가용 기타는 아니었지만 주니어 사이즈 기타의 소비가 특히 많았다. 한국의 수도피아노에서 미국으로 수출하는 가격은 1대에 3불 25센트였는데, 세관을 통과하고 나면 대당 6불 25센트가 됐다. 이를 다시 백화점에서 판매할 때는 12불을 넘겨받았다. 한번 거래에 18,000불이 남는 셈이었다.

나는 곰곰이 생각해 봤다. 내가 월급을 하나도 쓰지 않고 저축하면 3년을 꼬박 하고도 만져보지 못할 거금이 한 번 거래로 왔다갔다하는 것이었다. 이때부터 나는 무역에 눈을 뜨게 되었다.

다음 날 나는 수도피아노 사장에게 편지를 보냈다.

"내가 은행에서 근무하면서 귀사에서 아르윈 뮤직 주식회사ARWIN MUSIC Co.에 보낸 서류를 네고했습니다. 그런데 우리 은행 고객 중에는 일본에서 기타를 수입하는 더 규모가 큰 기업들이 많습니다. 콜롬비아사나 알씨에이RCA사, 트레이딩Trading사 등이 그곳들입니다. 나에게 당신네 회사의 미국 내 판매 에이전트 권한을 넘겨줄 수 없겠습니까?"

2주일 후에 답장이 왔다. 미 전역은 어렵고 캘리포니아 남부에 한정해서 에이전트 권한을 줄 테니 도와달라는 것이었다. 만약 도움을 주면 판매 대수의 2%를 커미션으로 줄 수 있다는 내용이었다. 나는 당장 수락하고 수도피아노에서 만든 기타가 더 많이 팔릴 수 있도록 도왔다.

일은 마음먹은 방향으로 풀려나갔다. 그 무렵이었다. 은행의 해외담당 이사가 자기 방으로 빨리 오라고 했다. 나는 급히 해외담당 이사님 방으로 달려갔다. 그 방에 들어서니 한국에서 극동철강 이원재 사장과 자재과장이란 분이 앉아 있었다. 인사를 하면서 천천히 얼굴을 살펴보는데, 자재과장이란 분이 바로 박길봉 선생님이었다.

함흥고교 때 담임선생님이기도 하지만 나를 국군에 입대시켜서 묵호의 훈련소까지 같이 내려왔던 생명의 은인이신 분이다. 부상을 입고 묵호 569 육군병원에 입원해 있을 때 마지막으로 뵙고 14년 만에 처음 만나는 것이었다. 나는 너무도 반가워서 일을 마치자마자 우리 아파트로 모시고 왔다.

그때까지만 해도 로스앤젤레스 시내에 한국식당이 없을 때였다. 우리 집으로 모시고 와서 저녁을 대접하면서 지난 일들에 대해 많은 이야기를 나누고 사업 얘기도 시작했다. 극동철강은 내가 일하는 유니온 뱅크에 고철 수입 신용장을 개설하고 방문했던 것이었다. 이원재 사장님은 미국 내 주물 제품 수입업자가 있으면 소개해달라고 했다. 좋은 주물제품을 만들어 수출하기 위해서 이역만리 미국까지 온 것이라고 간곡하게 설명했다.

나는 다음 날 우리 은행에 계좌를 가지고 있는 주물품을 취급하는 회사를 찾아서 이 두 분을 모시고 찾아갔다. 마침 그 회사는 그동안 수입했던 멕시코가 가격이 너무 올라서 제3국의 공급자를 찾고 있었다고 했다. 서로 이해관계가 맞아 떨어지는 만남이었다. 그 회사에서 견본을 받아서 한국에 돌아가면 시제품을 만들어 보내기로 했다.

그 다음 날 우리 은행을 거래하는 한 고철회사의 니콜라이 조페|Nicolai Joffe 사장을 만나기로 했다. 그 회사의 고철 야적장이 샌프란시스코에 있어서 나는 은행에 결근계를 내고 두 분

을 모시고 같이 갔다. 가서 보니 이 회사는 일반 고철은 물론이고 2차 세계대전 때 썼던 1만 톤급 선박을 해체해서 거기서 나오는 고철을 수출하는 엄청난 규모의 회사였다.

극동철강에서는 철강 원자재를 안정적으로 수입하는 거래처가 필요했는데, 이 회사의 만남으로 좋은 제품을 안정적으로 공급받을 수 있게 되니 보람찬 일이었다. 그런데 나 개인적으로 더 보람을 느낀 것은 우리가 쓰고 버리는 것이 어떻게 재생산되어 쓰이게 되는지를 알게 된 것이다.

우리가 쓰고 버리는 것들 가운데는 많은 종류의 물품들이 있지만 그중에서 철은 처음 생산에서부터 활용과 폐기, 재생산에 이르기까지 많은 것을 시사한다. 철은 종류와 상태에 따라 값어치나 재생산 공정이 현격한 차이를 보이는 것도 이때 처음 알게 됐다. 이때의 경험이 나중에 내가 사업을 할 때 큰 도움이 될 것이란 사실을 아직은 잘 몰랐다.

천직 무역업을
시작하다

은행을 사직하고 본격적으로 새로운 사업을 시작하기에 앞서 먼저 하고 싶은 일이 있었다.

가난한 유학생 시절에 결혼했기에 신혼여행은 꿈도 꾸지 못했었다.

멀리 낯선 나라에 따라나서서 그 동안 고생만 시킨 아내 보기에도 미안했던지라

이 기회에 시간을 내서 신혼여행부터 떠나기로 했다.

9-1 귀국, 그리고 사업 시작

시간이 흘러 1966년 1월이었다. 한국정부에서 3.1절 행사에 재외동포를 초청한 일이 있었다. 로스앤젤레스에서 25명이 초청을 받았는데, 나도 그 안에 포함되었다. 내가 다니던 교회의 동료 K 씨가 고국방문단의 단장을 맡았고 내가 부단장이 되었다. 내심으로는 무역에 관심이 점점 더 많아질 때여서 본격적으로 무역업을 시작해 볼까 하는 생각도 있었다.

은행에 사정을 이야기하면서 2주간의 연말 휴가를 당겨서 쓰고 2주간은 무급휴가를 쓸 수 있도록 조처해달라고 제안했다. 한국에 가게 되면 우리 은행과 한국은행 간의 당좌개설을 추진해 보겠다고도 얘기했다. 내가 하는 이야기를 듣던 은행의 무역부장은 눈이 휘둥그레졌다. 그는 내가 하는 말을 다 듣더니 히죽 웃으면서 대답했다. 한 달 간의 유급휴가를 줄테니 대신 출장비는 없다고….

내가 일하던 유니온 뱅크는 미국 내 은행 서열로는 한참 아래였다. 한국이 아무리 작은 나라여도 국책은행인 한국은행과 당좌를 개설할 만한 정도는 못되었던 것이 사실이다. 외국계 말단 직원이 해 보겠다고 나선 것에 대해 한 달 동안의 유급휴가를 주면서 신뢰하고 성원해 준 것은 나에게도 고마운 일이었다. 은행에서 신임장을 발행해줘서 지참하고 출발했다.

1966년 2월 27일이었다. 초청받은 25명의 교민들은 로스앤젤레스를 출발해서 2월 28일 김포공항에 도착했다. 검열대를 통과해서 대합실로 들어서는데, 검정색 양복을 차려입은 세 사람이 마중을 나와서 나를 채가듯이 데리고 갔다. 멀리서 어머니가 손을 흔드는 모습을 봤지만 눈인사만 하고 세 사람이 이끄는 대로 끌려갔다.

나를 납치하듯이 데리고 간 사람들은 수도피아노 사장님과 상무 그리고 무역부 과장이었다. 수도피아노 박 사장님은 대합실로 나오는 나에게 다가와, "오늘은 저희들과 함께 지내야 합니다." 하고 말하며 바로 세워뒀던 차에 나를 태운 것이었다. 그때 고국방문단장을 맡고 있었던 교회 동료 K 씨가 자기도 함께 가겠다고 해서 같이 차에 올랐다.

우리 다섯 명이 차를 타고 간 곳은 명동 수도피아노 본사였다. 명동 옛 동화백화점 건너편에 2층 건물에 수도피아노 간판이 보였다. 사장실에 앉자 인사를 나누고 대뜸 신문지에 싼 뭉치 한 개를 내게 줬다.

"김 선생께서 1963년부터 수입업자를 소개해줘서 판매한 수익금의 2%입니다."

신문지 뭉치의 크기나 무게로 짐작되는 돈의 크기가 작지 않게 느껴졌다. 돈을 받자마자 사장은 저녁을 대접하겠다며 우리를 광화문 대연각 요정으로 데리고 갔다. 큰 방에 앉으니 한복을 곱게 차려입은 아름다운 아가씨들이 줄줄이 들어왔다. 한 사람씩 손님 곁에 앉는데, 태어나서 처음 겪는 일이어서 어리둥절했다.

이윽고 술잔을 돌리기 시작하는데 나는 술을 전혀 못한다고 하니 강요하지는 않았다. 더러는 곁에 앉은 여자가 대신 마셔주기도 하고 상 아래로 버리기도 했다. 그날은 그렇게 정신없이 보내고 워커힐 호텔에 데려다 주어 자고 일어났다.

다음 날 정부에서 주관하는 3.1절 기념식에 참석했다. 우리 일행 25명 전부가 행사에 참석한 뒤 나와서 오후에 나와 단장은 다시 수도피아노로 갔다. 공장을 견학하기 위해서였다. 수도피아노 사장님은 친절하게 우리를 데리고 다니며 기타가 만들어지는 과정 전반을 설명해줬다.

다음 날은 지인의 소개로 한국은행 총재를 만나기로 했다. 나라의 유일한 국책은행 총재를 만나는 일은 쉽지 않은 일이었다. 그런데 다행히 같이 간 고국방문단장의 부친께서 김종필 당시 국회의장과 통화해서 어렵게 자리를 마련해 준 것이었다.

명동 한국은행에 찾아가니 총재실 앞에는 잠깐이라도 총재를 만나려는 사람들이 길게 줄지어 있었다. 비서에게 우리가 왔음을 알렸더니 잠시 후 기다리는 사람들을 제치고 먼저 우리를 들어오라고 했다.

"한국에 있는 사람들이야 언제든 또 만날 수 있는데, 멀리 미국에서 찾아왔으니 먼저 봐야지요. 그래 미국생활이 얼마나 고생이 많습니까? 나도 미시간 대학을 다녔어요."

우리를 보자마자 자신의 미국생활 이야기부터 털어놓으며 친절하게 대해 주니 너무 감사했다. 밖에 길게 늘어선 줄을 보고 들어온 우리는 좌불안석이었는데, 한국은행 총재는 너털웃음을 터뜨리면서 오랜 지기를 만난 듯이 오랜 시간 우리와 대화를 나눴다. 나는 기회를 봐서 유니온 뱅크에서 써준 신임장을 보여드렸다.

"미국 은행을 대표해서 당좌 개설하러 고국에 오셨는데 해드려야지요. 삯은 빼드려야 하지 않겠습니까? 하하. 외환업무 이사인 정원훈 이사님을 만나세요. 이야기를 다 해 두었으니까 잘될 겁니다."

오랜 시간을 보내고 아래층에 내려와서 정원훈 이사를 만났다. 정 이사도 이야기를 다 들었는지 반가워하면서 응대해 줬다.

"멀리서 오셨으니 선물 하나는 드려야지요. 일단 3만 불을 예치할 테니 돌아가시면 담당자한테 거래요청서를 제 앞으로 보내라고 하십시오. 바로 송금해 드리겠습니다. 3만 불이면 좀 적은 금액이라고 생각할지도 모르겠지만 이 돈이 종잣돈이 돼서 앞으로 큰 거래가 성사될 겁니다. 염려하지 마시라고 전해 주세요."

이때까지만 해도 외환은행이 출범하기 전이었다. 정 이사는 우리한테 곧 외환은행이 출범되니 앞으로 무역거래는 새로 출범하게 될 외환은행을 통해 하게 될 것이라고도 귀띔해 주었다.

너무도 일사천리로 일이 진행되는 것을 보고 나는 하나님께 감사 기도를 올렸다. 몇 차례 죽을 고비에서도, 미국 유학 생활에서도 어렵거나 난관이 있을 때마다 나에게는 말로 설명할 수 없는 행운이 따랐던 적이 한두 번이 아니었다. 나는 이 모든 것이 사람의 힘만으로 이루어졌다고 생각하지 않는다. 구하면 얻을 것이라는 말씀처럼 하나님에 의지해서 간절히 구하면 얻어지는 작은 기적이 내 삶속에서 일어난 것이다.

다음 날 부산으로 향했다. 미국에서 만났던 극동철강 이원재 사장과 박길봉 선생님을 만나러 가기 위해서였다. 우리는 해운대 극동호텔에서 여장을 풀고, 저녁이 되어 극동철강 이원재 사장이 와서 함께 동래 온천장 근처에서 저녁을 먹었다. 그리고 다시 해운대로 돌아와 해운대 나이트클럽에서 융숭한 대접을 받았다.

돌아와 자리에 누우니 부산 피란시절이 떠올랐다. 부상병으로 부산에 와서 다시 전선으로 돌아가느냐 아니면 제대해서 학교에 진학하느냐 하는 갈림길에서 다행히 마음씨 좋은 병원장을 만나 제대하고 문교부를 찾아갔던 일, 서울대학교 시험에 늦어서 뜀박질로 보수동 고갯길을 넘어 시험을 보던 일, 밤새 부두 하역을 하고 학교에 가서 졸다가 깨어보니 어둑어둑한 강의실에 혼자 있었던 일들이 주마등처럼 스쳐 지나갔다.

비록 아직은 유학생 신분이고 미국의 작은 은행에서 일하는 말단은행원 신분이지만 고국에 돌아와 유수의 기업에서 융숭한 대접을 받고 있는 내 자신에 대해서 감회가 새로웠다.

다음 날 극동철강에 다시 갔다. 이원재 사장은 여러 임원들을 불러 모아서 내게 인사를 시켰다. 인사를 마치고 사무실에 앉자 이원재 사장은 종이봉투에 싼 뭉치 하나를 건넸다. 내가 주선해 준 주물수출에 대한 커미션이라며 정식으로 고맙다는 인사를 했다. 아직은 본격적으로 뛰어든 것은 아니지만 무역으로 번 두 번째 목돈이었다.

나는 점점 무역업에 매력을 느꼈다. 은행원으로 살면 안정되기는 하겠지만 평생 한꺼번에 이런 목돈을 만져보는 일은 전혀 없을 것이었다. 옆에 따라왔던 고국방문단 단장 K 씨도 미국으로 돌아가면 무역업을 창업해서 대형 무역회사를 일구어 보자고 했다.

　다음 날 나는 극동철강에서 운영하는 부산주공 공장에 가서 사출작업을 지켜봤다. 식탁 발판을 만드는 일이 한창 진행되고 있다. 모래로 거푸집을 만들어 쇳물을 붓고 일정한 틀을 찍어내는 작업이었다. 물품이 하나하나 생산되는 것을 보면서 나는 가슴이 뛰었다. 지금까지는 은행에 앉아 서류를 뒤적이는 것도 성공한 삶이라고 여겼었는데, 이제 꿈틀대기 시작하는 한국경제의 생생한 현장을 뛰어다니며 내가 도움을 줄 수 있다면 그보다 더한 보람은 없을 것 같았다.

　서울로 향하는 기차 안에서 동료 K 씨가 결심한 듯 제안했다.

　"나는 미국으로 돌아가서 회사 창업을 준비할 테니 제이비JB는 남은 2주 동안 한국 내 여러 곳을 더 살피고 돌아와요. 로스앤젤레스에 돌아가서 당장 은행계좌를 개설하고 사무실을 알아보고 있을게요."

9-2 사직, 힘찬 새 출발

대답은 안했지만 나는 이미 마음을 먹었다. 그래서 2주간 서울에 머물면서 원목과 펄프를 수입할 업체로 삼성과 동화목재, 풍산제지 등을 지목하고 일일이 찾아가서 기초작업을 다졌다.

한 달 동안의 한국방문을 마치고 로스앤젤레스로 돌아왔다. 은행에 출근하니 부장이 불렀다. 한국은행 총재와 외환담당 이사를 만난 경과를 보고하니 크게 기뻐하며 즉시 비서를 불러서 당좌개설요청서를 작성해서 정원훈 이사에게 보내게 했다. 또, 나에게 받아 적으라 하면서 한국은행 총재 앞으로 감사편지를 쓰게 했다.

2주일 후쯤 한국은행으로부터 3만 불이 입금됐다고 했다. 비록 작은 금액이지만, 이때 3만 불은 얼마 지나지 않아 수천만 불 금융거래가 이루어지는 단초가 되었다.

얼마 후 동료 K 씨는 자기가 일하고 있던 로스앤젤레스 웨스트 우드에 큰 방을 마련하고 절반은 자신의 설계사무소로 쓰고 나머지 절반은 새로 시작하는 코스트 무역회사Coast Trading Co. Inc를 설립했다. K 씨는 자기 통장에서 6,000불을 인출해서 투자하고 나는 무역실무와 경험을 담보로 주식회사를 설립한 것이었다. 내 급여는 은행에서 받았던 월 475불을 보장한다고 약속했다.

274

다음 날 나는 은행에 사직서를 제출했다. 외환부장이 불러서 무슨 일이 있느냐고 물었다. 나는 그동안의 자초지종을 설명했다. 부장은 무역업을 할 것 같으면 다른 은행과 거래하지 말고 유니온 뱅크와 거래하자고 하면서 자기가 50,000불 상당의 무담보여신 라인을 개설해 줄테니 거래를 유니온 뱅크를 통해서 하자고 제안했다. 이렇게 세계를 상대로 무역하면서 꿈을 펼칠 기회가 내게 주어진 것이다.

은행을 사직하고 본격적으로 새로운 사업을 시작하기에 앞서 먼저 하고 싶은 일이 있었다. 가난한 유학생 시절에 결혼했기에 신혼여행은 꿈도 꾸지 못했었다. 멀리 낯선 나라에 따라와서 그동안 고생만 시킨 아내 보기에도 미안했던지라 이기회에 시간을 내서 신혼여행부터 떠나기로 했다.

2주 동안 로스앤젤레스를 출발해서 몬터레이, 샌프란시스코, 데스밸리, 레이크 타호, 라스베이거스를 거쳐 다시 로스앤젤레스로 돌아왔다.

1966년 6월 말, 새로운 회사에 출근했다. 아직은 유학생 신분이라 해외여행에 어려움이 많았다. 우선 수도피아노사에 기타 20,000대를 주문했을 때였다. 신용장도 개설하고 모든 준비를 마쳤는데 한국에서 기타를 선적했다는 소식이 들려오지 않았다. 첫 거래였는데 순간 초조했다. 나로서는 영주권도 없는 상태에서 여행 비자를 받아 한국에 다녀올 수도 없는 처지였다.

한국에 알아보니 은행권에서 월부판매제를 도입하면서 때마침 수도피아노사의 피아노 수요가 폭증하는 바람에 기타에 투입할 인력을 피아노 쪽으로 투입했다는 것이었다. 그 바람에 기타 공정을 마칠 수 없었다고 했다. 나 대신 급히 동료 K씨가 한국으로 출장을 가서 겨우 선적할 수 있게 되었다. 무역이라는 것이 언제 어떤 의외의 변수가 발생할지 모른다는 생생한 경험을 하게 되었다.

이 무렵 마침 인천 부평에 제2 수출공단이 조성될 때였다. 우리는 평당 3,000원 3,000평 넓이의 부지를 마련하고 직접 기타 공장을 짓기로 결정했다.

때마침 극동철강 산하의 주공에 고철 수출하는 일이 성사되어 신용장이 개설되었다. 1966년만 해도 미국의 장비도 보잘것없을 때였다. 거의 모든 작업이 수작업으로 이루어졌다. 배가 선적할 때도 배에 부착된 기중기를 이용해서 만 톤을 선적하려면 선적기간만 2주가 걸렸다.

9-3 고철사업에 눈뜨다

부산항에 처음으로 1만 톤이라는 대량의 고철이 도착한다고 하니 한국의 철강회사 관계자들이 모두 구경하러 나왔다고 했다. 당시만 해도 커야 3천 톤급 소형 선박에 일본의 고철을 수입하는 것이 전부였을 때다. 우리는 고철의 양도 양이지만 질도 최상급의 고철을 선적했다. 전량이 잡철이 전혀 섞이지 않은 일등급 고철이었다.

다음 날 사무실에 출근하니 텔렉스 용지가 3미터는 족히 될 만큼 길게 쏟아져 나와 바닥에 깔려 있었다. 부산항 근처의 철강업자들이 보낸 오더였다. 1967년만 해도 전기 용광로를 갖춘 회사는 현재 현대제철의 전신이었던 인천제철과 극동철강, 동국제강, 한국철강 정도였다. 나머지 철강업자들은 규모는 조금씩 달라도 석탄을 이용해서 쇠를 녹이는 재래 방식에 머물 때였다.

이들은 모래 거푸집에 쇳물을 부어 철근을 만들었다. 규격화도 아직 안 되었을 때여서 가로 세로 4인치 굵기에 길이는 1.3미터 단일 사이즈를 만들었다. 한편, 이때 처음 압연재를 사용해서 달군 철 재료를 압연기에 넣어 철근이나 앵글, 찬넬, 평철 등을 만들기 시작했는데, 이들 압연업자들에게는 고철 중에서도 압연재가 30% 이상 섞여 있는 미국산 고철을 선호했다.

대한상사, 서울제강, 인천제철, 부산주공, 부국제강, 신일제강, 성원제강, 동국제강 등과 더불어 80년대에는 여기에 시온철강까지 모두 내가 보내는 고철을 수입했던 철강회사들이었다.

이 무렵, 한국에서 철강산업이 시작되던 시기에 재일교포 출신인 신용술 사장이 인천제철에 전기로를 설치해서 전기를 이용한 쇳물로 제품을 생산하기 시작했다. 인천제철에서는 선진기술을 처음 도입해서 철근, 앵글, 평철, 찬넬 등을 생산했다. 또한, 마산에도 한국철강을 설립해서 전기로를 도입했는데, 이렇듯 몇몇 이름을 남기지 않았던 재일교포들이 한국의 철강산업을 선도해 나갈 때였다.

1966년 사업을 시작한 지 얼마 되지 않아 삼성과 동아기업이 합자해서 원목 1만 톤을 선적해 보내달라는 오더를 보내왔다. 포틀랜드의 올림피아 항에서 미송, 더글라스 소나무, 화이트 소나무White fir, 미국솔송나무Hemlock 등의 목재를 실어 수출했다. 목재 수출은 이제 막 설립한 우리 회사에서 기타 다음으로 실적을 올린 종목이 되기도 했다.

동방유량에서는 대두 오더가 들어와 미국에 온 지 10년 만에 처음으로 중남부 지방을 돌며 대두를 구입해서 남부의 네스빌 아케보드 다니엘 회사에서 구입해서 수출했다.

앞서 잠깐 언급했듯이 수도피아노사에서는 미국 전역의 수입권을 줄 테니 계약하자는 제의가 들어왔다. 당시 미국에서도 은행을 끼고 할부 판매제가 도입됐었다. 그래서 갑자기 비싼 피아노를 구입하는 붐이 일었었다. 우리는 수도피아노사와 기타를 월 1만 대를 예상하고 3개월 물량을 계약했는데 도무지 선적했다는 얘기가 들려오지 않았다.

하는 수 없이 학생 신분인 나는 못 가고 동료인 K 씨가 한국에 들어가서 알아보니 기타 공장에 있던 사람들을 모두 빼내서 피아노 공장으로 보냈다는 것이었다. 우리는 이 사건 이후로 직접 기타 공장을 짓기로 하고 부평에 조성 중이던 제2수출공단에 부지 3,000평을 매입했다. 그 중 1,500평에 기타 공장을 설립해서 월 20,000타의 기타를 수입해서 미국 전역에 팔았다.

1967년에 마침내 영주권이 나왔다. 영주권을 받았지만 이때까지만 해도 나에게 영주권은 영구히 미국에 살 수 있는 권리라기보다는 자유롭게 다른 나라를 오갈 수 있는 권리로서의 의미가 더 컸다. 영주권을 받은 즉시 한국으로 출장갔다.

지인의 소개로 유정산업 대표를 맡고 있는 김진광이란 분을 만났는데, 그는 거액의 돈을 친구에게 빌려 주었는데 친구는 돈을 못 갚고 대신 수입했던 식기류 만드는 기계를 채권단을 통해 압류해 놓은 상태라고 했다. 김진광 씨는 나에게 식기류를 미국으로 수입해 준다면 우리와 독점계약을 맺겠다고 했다. 대전 유성 근처의 가건물을 가지고 있는데 이를 공장으로 전환하겠다고도 했다.

당시 한국의 일반 시중은행 이자율이 연 24%일 때다. 기업에서 이런 살인적인 금리를 쓰면서 이윤을 남기기란 하늘의 별따기처럼 어려웠다. 마침 박정희 정부는 집권 초기에 강력한 수출정책을 검토할 때였다. 수출업자가 수입업자로부터 90일 안에 결재를 받는다는 계약90 days Usance L/C을 체결하면 90일 한도의 9% 낮은 이자율로 돈을 대출해 주는 제도가 생긴 것도 바로 이때다.

첫 번째 달에 자재를 구입하고, 두 번째 달에 제품을 생산하며, 세 번째 달에 수출해서 은행에 원금과 이자를 상환하는 것이었다. 나는 김진광 씨와 함께 압류해 놓은 상자를 뜯어보러 갔다. 먼지가 쌓인 상자를 뜯어보니 안에는 반짝거리는 새 기계들이었다. 나는 즉시 미국으로 돌아왔다. 25만 불의 신용장을 개설하고 90일 안에 결재하는 조건을 담은 계약서를 작성했다.

2개월 후 다시 한국으로 출장갔다. 유성 인근의 공장을 찾아가보니 건물은 조잡했고, 환풍기도 하나 갖춰지지 않아서 마지막 단계인 광내는 작업을 하는 기계가 있던 방으로는 들어갈 수가 없을 지경이었다. 그 당시에는 숨이 턱턱 막히는 그렇게 열악한 환경에서 사람들이 일하는 것이 다반사였다.

금속 먼지가 날리는 열악한 환경에서 일하던 직공들은 납품 기한을 넘기지 않고 미국으로 반짝이는 식기들을 만들어 보냈다. 몇 십만 불이 족히 되는 제품은 우리 손을 거쳐서 미국 전역으로 팔려나갔다.

9-4 나의 천직인 무역업

그뒤 나는 와이셔츠에도 손을 댔다. 시대 와이셔츠 이휘영 사장을 만났다. 파스텔 색조의 여름용 반소매 와이셔츠를 거래하는 데 합의했지만, 의외의 문제가 발생했다. 그 당시까지만 해도 와이셔츠 칼라는 고무를 넣은 빳빳한 것이 일반적이었는데 미국시장에서는 신소재인 필라멘트를 넣은 부드러운 칼라가 유행하기 시작했다.

이휘영 사장은 자신이 개발한 고무 제품을 넣지 않으면 거래를 할 수 없다는 완강한 입장이었다. 우리는 하는 수 없이 이휘영 사장의 와이셔츠를 구입해서 일본 가네보사에서 따로 구입한 칼라 제품과 포푸팅 원단을 수입해서 국제시장에 있던 국제 와이셔츠사에 보세가공하는 형식으로 만들어서 매월 20,000식씩 수입했다.

고철 중에 압연재를 주로 사용하는 철강회사들에서는 자기들이 생산하는 상품도 미국시장에 판로를 만들어줄 것을 줄기차게 요구해왔다. 소형 제품은 생산성이 낮아 미국 제강사에서는 전혀 만들지 않았다. 이런 제품은 한국에서도 일반 제강업자들은 만들지 않았고 압연업자들만 생산이 가능했다.

나는 미국에서 견본을 가지고 나가 생산기준표를 제시하니 한국에서도 수출이 가능해졌다. 나는 독점권을 가지고 수입해서 미국 내 도매업자들에게 공급했다. 미국 내에서도 만

들었지만 나는 옛 연합철강^{국제상사}으로부터 스퀘어 튜브를 수입하기도 했다. 월 2,000톤 규모였다. 그리고 1974년 포항제철이 가동을 시작하면서부터 연간 45,000톤 규모의 조선용 철판을 뉴올리언스에 있던 아본데일 선박회사^{Avondale Shipping Corp.}에 납품해서 1991년 기준 연간 225,000불의 수출 실적을 올리기도 했다.

　　1966년 가을 처음으로 부산주공에서 고철 오더를 받은 이래 한국의 모든 압연업체에게 우리는 항상 큰 관심을 받는 곳이었다. 배를 해체해서 나오는 고철이라 우리 수출물량의 60%가 압연재였다. 당시 한국은 철판을 만드는 철강회사가 전무했을 때라 좋은 철판을 구하기 힘들었다. 세관 입장에서 볼 때는 불법이었지만 우리가 수출한 선박용 철판은 용해시키지 않고 그대로 시장에 판매되었다.
　　꼬리가 길면 밟힌다는 속담대로 우리 제품을 수입했던 업체들이 세관에 걸리기도 했는데, 큰 금액의 벌금을 물었지만 사업은 계속 지속되었다. 이것이 당시 한국의 실정이었다.
　　고철은 당시 미국에 앉아서도 팔 수 있는 품목이었다. 이때 우리에게서 고철을 받아 철강을 생산했던 인천제철, 서울철강, 만도철강, 대한상사, 부국제강, 동일제강, 시온철강 등은 나중에 한국철강 수출의 선구자가 되었다.
　　1970년경부터는 한국정부의 권고로 철강제 수입을 위한 기반조사를 면밀하게 검토하기 시작했다.

또한, 로스앤젤레스 인근에 위치했던 서튼Cirtron Corp.이라는 회사에서 처음으로 마그네틱 테이프를 생산하기 시작했다. 그 회사와 상담해서 거래가 성사되면서 독일과 프랑스로 월 50,000불 물량의 상품을 수출하게 됐다. 1968년의 일이다. 처음엔 프랑스 파리에서 동업자인 K 씨와 함께 독일인 브라너와 프랑스인 수입업자를 만났다. 다음은 프랑크푸르트로 건너가서 독일인과 많은 상담을 하고 돌아온 뒤 우리는 유럽 시장까지 사업의 영역을 확장하게 되었다.

9-5 동업자와 결별, 홀로 서기

1971년 말, 사업은 나날이 확장했지만 나는 회사를 사임했다. 경영상의 이견으로 창업 이래 그동안 함께 했던 동업자 K 씨와도 결별했다. 혼자서 회사를 설립하고 상호를 제이비메칸타일 지주회사JB Mercantile INC.라고 붙였나. 새롭게 시작하면서 어려움도 있었지만 그동안 한국의 여러 사업 파트너와 좋은 관계를 유지해온 덕분에 철강과 관련한 거래처들은 모두 나에게로 몰렸다.

1971년부터 한국은 극심한 외환보유고 부족을 겪었다. 정부의 고심이 컸다. 태광산업이라는 업체가 있었다. 그 업체에서는 일본에 중석을 수출하려는데 운영자금 때문에 고심하고 있었다. 이때 삼각무역이라는 것이 개발되었다. 즉, 태광산업의 은행보증을 대신 해 주면서 미국은행으로부터 금리 12.75%로 대출을 받고, 신용장에 기재된 금액 전체를 선수금으로 받아 1년 기한 한도 내에 중석은 일본으로 수출하고 원금은 일본 수입업체로부터 회수받는 방식을 말한다. 당시 한국 금융계의 이자가 연 24%일 때였다.

처음 시도된 이 방법이 알려지면서 1980년대 초까지 태광산업 200만 불, 동양시멘트 4천만 불, 선경산업, 한일합섬, 계성제지, 인천제철 등등의 업체를 통해 수천 만 달러가 한국에 유입되었다. 이 모든 차관은 나의 회사를 통하여 이루어졌다.

나는 혼자 독립한 후로 철강 수출입, 금융, 건설자재 납품 등으로 바쁜 나날을 보냈다. 1980년대 들어서 로스앤젤레스에도 크고 작은 무역업자들이 생겼다. 이렇게 생긴 무역업자들이 모여 남가주 한인무역협회 창설을 의논하다가 나는 협회의 초대 이사장을 맡게 되었다.

이때까지 한국에서 수입, 수출하는 모든 철강재는 영우상사의 작고한 고창익 회장이 파트너가 되어 이루어졌다. 이분은 한국의 고철 역사상 일획을 그은 분이라는 평가를 받을 만큼 유능한 분이었다. 내가 하는 철강수출입은 모두 고창익 회장이 에이전트가 되어 실행되었다.

재일교포 신영술 씨가 초창기 일본에서 사용하던 전기로를 한국에 도입해서 인천제철을 설립했을 때 나는 고창익 회장을 통해서 인천제철에 미국산 고철을 납품했다. 1971년 내 개인 업체를 새로 시작할 무렵에는 미국 굴지의 고철회사인 루리아 브라더스 사의 아시아 지역 판매권을 가지고 영우상사를 통해 한국시장을 독점하면서 시장을 확충했다.

미국 굴지의 회사인 루리아 브라더스라는 회사에서 나에게 아시아권의 고철 판매권을 주었다. 이 회사는 유수한 미국 철강회사 옆에 고철을 쌓아두는 야드를 가지고 있었다. 철강회사에서 생산하다가 불합격한 제품이나 또는 팔려다가 취소된 물량을 사들여서 야드에 바로 보관했다. 이 물량이 총생산의

15%에 달할 만큼 막대했다.

이들 업체들은 오대호 주변에 주로 몰려 있었는데, 캐나다의 아르고마 메탈Algoma Metal, 시카고의 유에스 스틸US Steel과 베들레헴 스틸Bethlehem Steel 등의 업체와 디트로이트 등지의 중소업체들에서 나오는 고철을 바지선에 실어 미시시피강을 따라 내려와서 뉴올리언스 배턴루즈까지 와서 다시 본선에 옮겨 싣고 한국으로 갔다. 이렇게 실어나른 철판은 나중에 '시카고 플레이트Chicago plate'라는 이름까지 붙을 정도로 인기 있는 제품이 됐다.

인천에 도착한 화물 중 용해용은 인천제철이나 동국제강에 주고 나머지 압연재는 부국제강, 성원제강, 제일제강에서 1/3씩 분할해서 구매했다. 당시 용해용 경쟁에서 나는 압연재로 한국시장과 대만, 방콕시장을 장악할 만큼 절대적이었다.

한국시장에는 압연재 중심의 고철을 팔고 반대로 미국시장에는 주로 연합철강에서 생산하는 각튜브를 월 2,000통씩 수입하여 로스앤젤레스 아케 스틸LA Ache Steel에 팔아넘기고 또, 소형 평철이나 앵글, 찬넬을 개발하여 미국시장에 독점적으로 공급했다. 이런 제품을 생산했던 업체는 인천의 부국제강이었다.

1973년에 고철 가격이 천정부지로 상승하여 미국 정부에서는 고철이 해외로 나가는 것을 금시했다. 이때 공급자나 수요자 모두 어려운 때였다. 그러나 미국 상무부에서 무조건 금지한 것은 아니었다. 수출 실적에 따라 회사당 70%의 수출량을 배정했고, 또한 1973년 초까지 이미 계약된 물량은 수출을 허용했다.

그 허용량대로 수출 라이선스가 주어지는 제도가 마련된 것이다. 다행히 나에게는 한국의 대한상사와 27,000톤 계약분이 있었다. 이를 수출한 뒤 나에게 주어진 라이선스는 분기별 18,000톤의 물량이 허가되었다.

하지만 당시만 해도 선박이 커져서 한 번 선적할 때마다 20,000톤은 되어야 하는데, 나의 허가량 18,000톤은 단독으로 실어보내기에는 적었다. 그래서 큰 회사들이 선적할 때 부족한 분량을 채워주고 톤당 거액의 커미션을 받으면서 1년 동안을 보내게 된다. 1년 후 국제시장의 물가가 안정되자 이 제도 자체가 소멸되었다.

1974년 포항제철이 준공되자 한국에서도 철판이 생산되기 시작했다. 다행히 포스코에서는 배를 건조하는 데 필요한 철판인 에이비스 그레이드 플레이트ABS Grade plate를 생산하게 되어 분기마다 15,000톤씩 수입해서 뉴올리언스에 있는 아본데일 선박회사Avondale Shipping corp.에 납품할 수 있었다.

1986년경에 들어서면서부터 중국과 러시아의 철강재가 밀려들면서 미국과는 비교할 수 없는 고철들이 톤당 50불 싸게 한국시장을 독점하다시피 하면서 압연제 고철 이외의 다른 용해용 고철은 손을 놓다시피 했다.

또한, 한국 내에서도 수요자가 다변화됐다. 나에게 고철을 공급받던 회사들이 점점 커지고, 재래식 압연기에서 반자동화 기계로 변화되어 고철의 질도 높아졌다. 주변의 친지나 가족들이 새롭게 철강업체를 설립하는 바람에 철강산업이 난립되어 시장은 점점 더 경쟁적으로 변해갔나. 고철을 운반하는 선적선도 초창기에는 1만 톤급이었지만 이 시기에 이르러서는 3만 톤급이나 35,000톤급으로 커졌다. 고철산업의 판도가 재정립되는 시기였다.

이후 국제시장은 급변했다. 미국 입장에서 볼 때 수입은 배로 증가하는 대신 달러 가치의 약세로 수출물량은 급격히 감소했다. 미국의 메이저 항구에서 출항하는 컨테이너 물량은 거의 없었다. 수출물량이 급격히 감소하니 빈 컨테이너로 출항하는 경우가 대부분이었다. 그렇다 보니 로스앤젤레스에서 부산까지 운임이 20피트 컨테이너 한 대당 600불이던 것이 40피트 컨테이너가 280불로 엄청나게 하락되었다.

이때 처음으로 현대제철로 3,000톤의 용해용 고철이 40피트 컨테이너로 선적되었다. 캘리포니아 옥시나드에서 고철이 선적되어 한국으로 운반되기 시작했다. 이유는 선적지에서 선적된 고철이 실수요자 철강회사 마당까지 컨테이너로 운반되기 때문이었다.

모든 걸 가져보기도, 잃어보기도 한 인생

지독한 궁핍함에도 살아보았고 세계를 누비고 다니던 부유함에도 살아 보았다.

피할 수 없는 생사의 길에서 다시 태어나기도 했으며, 비천卑賤에도 살아 봤지만

이 고통을 이겨냄으로 삶의 일체의 비밀을 배웠다.

나는 나의 인생을 나의 계획과 목적으로 산 것이 아니라 하나님의 헤아릴 수 없는 축복과

그의 넘치는 은혜와 그의 선하신 인도하심이 함께 하셨음을 체험하며 깊은 감사를 드릴 뿐이다.

10-1 로스앤젤레스 한인회장에 선출되다

당시 로스앤젤레스 한인사회는 복잡했다. 한인회장 선거를 하다가 시비가 붙어 장기간 회장을 선출하지 못하는 사태가 발생하게 된다. 4층짜리 한인회관은 번듯하게 지어져 있었지만 이를 운영할 한인회장이 장기간 공석인 상태가 지속되었던 것이다. 이때 마침 1984년 로스앤젤레스올림픽이 개최될 때였다.

우리가 사는 로스앤젤레스 지역에서 국제적인 큰 행사가 개최되는데 막상 이곳에 살면서 고국의 선수단을 맞을 주체가 없는 상황이었다. 영사관에서도 고민만 하지 지켜볼 수밖에 없었다. 선거를 치르고 나면 패자 쪽에서 가처분 소송을 제기해서 승자 쪽의 운영을 방해했다.

1984년 선거에서 승자였던 존 문John Moon 쪽에서 나를 이사 31명 중 한 명으로 등록했다. 선거 후 첫 이사회를 개최해서 만장일치로 초대 이사장에 나를 선출해서 자의반 타의반으로 이사장에 선출되어 첫 이사회를 개최하려는데 로스앤젤레스 법원에서 직무정지 가처분 결정문을 가지고 와서 이사회 개최를 금지했다.

한인회장 선거에서 패배한 쪽에서 소송을 제기해서 직무정지 가처분 소송이 받아들여진 것이다. 이사회도 개최하지 못하고 다시 한인회의 운영은 마비 상태에 들어갔다. 영사관에서는 올림픽 개최 이전에 어떤 식으로든 양측이 합의해서 정상적으로 운영될 수 있기를 바랐다. 지역의 한인사회와 언론에서도 연일 질타의 목소리가 터져 나왔다.

결국 양측에서는 기존 회장 측에서 새로운 회장을 선출하고 패자 측에 이사 자리를 세 자리 배려하는 것으로 합의를 했다. 패자 측에서는 소송을 취하했고, 이사회를 개최해서 나를 새로운 한인회장으로 선출했다. 합의 이후 임기 2년의 새로운 회장을 전원일치로 선출해 준 것이었다.

로스앤젤레스 올림픽이 3개월밖에 남지 않은 때였다. 하루가 멀다하고 체육계 인사들이 밀려 들어오고, 국회의원이나 정부 고위관료들도 수없이 찾아왔다. 한인회에서는 한국 올림픽 선수들의 후원을 위해 올림픽조직위원회를 구성했다. 회장에 선출되자마자 참으로 바쁜 나날이 시작되었다. 많은 지인들과 한인사업가들 그리고 교포들의 적극적인 후원이 없었다면 할 수 없었던 일들이 기적처럼 치러졌다.

그중에서도 가장 기억에 남는 일은 전두환 전 대통령의 방미였다. 워싱턴에서 한미 간 정상회담을 가진 직후 전두환 전 대통령은 바로 올림픽이 열리는 로스앤젤레스를 방문했다. 나는 한인회를 대표해서 총영사관의 도움으로 센트럴호텔에서 환영만찬을 준비했다. 1,000여 명의 교민이 함께 한 만찬이었다. 이후 나는 평화통일자문위원회 자문위원에 위촉되어 향후 8년 동안 봉사하기도 했다.

역대 대회와 비교해서 가장 성공적이었다는 평가가 있었던 올림픽대회를 마친 후에는 교민들을 위해 위안의 밤 행사를 가지기도 했다. 한국에서 유명 가수를 초청해서 향연을 베풀고, 교민들의 어려움을 듣고 해결을 모색하는 자리였다.

교민들이 겪는 어려움 가운데 가장 많은 이야기는 언제 추방될지 모르는 불법체류 문제였다. 또, 생계가 어려워서 순수한 도움을 요청하는 분들이나 나이가 들어 경제력이 없는 노인들이 시니어 아파트에 입주하게 도와달라는 이야기 등 시의 후생국과 주 정부, 연방정부와 협의해서 재원을 마련해야 하는 쉽지 않은 일들이 2년여 동안 산적해 있었다.

이들 교민들의 민원을 모두 해결하기에는 절대적으로 시간도 인력도 부족했다. 그나마 한인회관에 상근하는 총무 한 사람과 여직원 한 명 외에 인근 지역의 목사님과 주 정부 복지 관계 공무원이었던 한인들이 일주일에 3일씩 자원봉사를 하면서 어려움을 겪는 교민들을 상담해 주었다.

이 시기 나는 교회 일에도 열심이었다. 로스앤젤레스에 정착한 이후 한인연합감리교회에서 나의 기독교인으로서의 삶을 다시 시작했다. 한인연합감리교회는 103년 전 초대 하와이 이민자들이 주축이 되어 설립한 교회였다. 내가 다닐 무렵 교인이 300여 명으로 성장하게 되어 교회에서는 목사님 외에 직분자들을 선출할 필요가 제기되었다.

1996년 처음 장로 제두를 도입해시 다섯 녕의 장로를 선출하는데 영광스럽게도 나도 그 안에 천거되어 초대 장로를 맡게 되었다. 1985년 초 한인회장을 그만두었다. 임기를 채우고 차기 회장이 선출되었기 때문이다. 나는 차기 회장에게 산적한 과제들을 인수인계하고 다시 내 사업의 현장으로 돌아왔다.

10-2 10년 동안의 재판과 파산

한인회장직을 마치고 다시 사업 현장으로 돌아온 1986년의 일이다. 나는 한국의 쌍용그룹으로부터 고철 수주를 받았다. 사용하고 뜯어낸 8,000톤의 철도 레일을 뉴욕에서 선적하고, 12,000톤의 클롭앤드Crop End, 롤링 밀 공장에서 발생되는 자투리 혹은 빌렛 또는 블룸의 미완성 끝 부분와 커팅플레이트Cutting Plate, 철판조각를 필라델피아에서 선적할 예정이었다. 공급자는 나에게 에이전트 권한을 주었던 루리아 브라더스사였다.

먼저 뉴욕에서 레일을 선적했다. 레일 선적은 본래 기중기가 레일 양끝을 잡아 올려서 선체와 같은 방향으로 차곡차곡 내려놓아야 했다. 그런데 이날 기중기를 조정한 사람은 대형 마그네틱 기중기로 2톤이나 나가는 레일을 육지에서 올려 마구잡이로 내려놓았다. 선체 아랫부분이 차기 시작하니까 이제는 아예 공중에서 레일을 떨어뜨려서 선체 벽면에 걸치는 경우도 있었다.

이런 상태면 걸쳐진 레일 위로 더 많은 짐이 실리면 레일 끝부분이 선체 벽면을 뚫어서 바닷물이 들어올 위험도 농후했다. 레일 8,000톤을 다 선적했을 때는 이미 선체에는 다음 필라델피아에서 선적할 화물을 실을 자리가 부족해 보였다.

문제는 이렇게 화물이 실리는 모습을 옆에서 매시간 체크하면서 감독해야 하는 메이트Mate나 선징은 보고 있으면서도 일언반구 아무 말도 하지 않았다. 8,000톤 선적을 마치고 도크 리셉트Dock Receipt를 작성해서 선장에게 서명을 받으려 하니 선장은 사인을 거부했다. 이유는 짐작했던 대로 화물이 안전하게 실리지 않았다는 것이었다.

이렇게 공급자와 선사와의 분쟁이 발생하자 공급자와 선사 대표들이 모여서 논의를 시작했다. 공급자는 선적하는 동안 메이트나 선장이 아무런 제지도 없었는데 선적을 마치고 나서 운항을 거부하는 것은 옳지 않다고 지적했다.

이때 항구를 관리하는 관리들이 30분 내로 배를 빼라는 지시를 하고 있었다. 선장은 하는 수 없이 배를 운항했지만 화물수령증에, "8,000톤 화물을 선적했으나 항해하기에 부적합하게 선적되었으므로 정상선적증Clean Dock Receipt 발행은 거부하고 임시선적증Unclean Dock Receipt을 발행한다."고 적은 후 필라델피아로 운항했다.

나는 처음부터 이 분쟁을 목격했으므로 화물주의 요청으로 은행이 결재할 수 없도록 법원의 가처분을 받아 두었다. 8,000톤 화물에 대한 은행 지급을 막아 놓은 것이었다. 이때부터 루리아 브라더스사와 선주와의 법적 다툼이 시작됐다.

하루를 넘겨서 나머지 14,000톤의 화물이 있는 필라델피아 항에 도착한 배는 일단 화물을 실으려고 모든 해치를 열었으나 조사원Steve porter이 올라와 보고는 현재 화물이 실려 있는 상태로는 그 위에 다른 화물을 실을 수 없다고 했다. 다시 선주와 화물주 간의 다툼이 벌어지자 주 정부 화물국 직원이 나와서 확인했다. 정부 관리도 이 상태에서는 화물을 더 실을 수 없다고 했다.

마지막으로 해안경비대 경찰까지 와서 확인하고는 같은 의견을 피력하면서 화물을 싣지 못하게 했다. 오히려 화물을 싣지 못함은 물론 운항도 정지되어 버렸다. 딩시 배는 패시픽 카고사Pacific Cargo INC, N.Y 즉, 대선 브로커[Charter broker]가 배를 빌려서 우리 회사에 다시 빌려준 상태였다.

루리아 브라더스의 대리인과 패시픽 카고사의 대표 그리고 선주 측 대표가 협상을 시작했다. 나는 루리아 브라더스의 에이전트였지만 이 상태에서는 뉴욕에서 선적한 화물의 대금도 지급하지 못하니 모든 책임은 루리아 브라더스가 있고, 나와 나의 회사는 이 사태에 대한 책임이 없음을 주장해서 그들 모두가 동의했다. 공급자는 수출물량을 안전하게 선적 완료할 책임이 있기 때문이었다.

현재 진행 중인 중재 재판의 결과가 어떻게 나오든 나와 나의 회사에는 책임이 없음을 확인한 것이다. 이 내용을 확인하자 나는 일단 뉴욕에서 선적한 화물의 대금을 지불하였다. 배는 그 뒤로도 한 달 동안 필라델피아 항구에 묶여 있었다. 1개월여가 지나서 중재회의 결과가 나왔다.

우선 배는 뉴욕 항으로 돌아가서 8,000톤의 화물을 부려놓고 다시 싣도록 판결했다. 루리아 브라디스는 즉시 판정금액을 예치하고 배를 다시 뉴욕으로 돌려서 화물을 하역한 후 다시 실었다. 그곳에서 필라델피아로 와서 기존의 14,000톤의 화물을 싣는 대신 뉴욕 항의 다른 화물을 12,000톤 더 싣고 한국으로 출항했다.

이 사고로 인해서 선적만 무려 45일의 데무러지demurrage가 발생했지만 사태는 이것이 끝이 아니었다. 최종 결심법원이 판결을 내린 것은 사태가 발생한 지 만 10년을 채운 1995년 이었다. 결심판결의 내용은 루리아 브라더스사에 1,250,000불의 벌금이 부과되었고, 화물운송 회사인 패시픽 카고사에는 체선료 475,000불이 부과되었다.

문제는 이후부터였다. 판결이 떨어지자 패시픽 카고는 바로 파산을 신청하고 문을 닫아 버렸다. 배를 빌려줬던 선주 측에서는 화물운송 회사가 문을 닫으니 배를 최종적으로 사용한 것으로 기록된 나와 우리 회사를 상대로 소송을 걸어왔다. 관할 법원도 로스앤젤레스 법원으로 이관되었다. 소송은 2년 동안 지루하게 이어졌다.

당시 우리 회사의 주거래 은행은 상업은행 로스앤젤레스 지점이었다. 그런데 이미 이 은행에 380,000불의 론Loan이 걸려 있었다. 소송을 수습하려고 대출은행 측에 추가 대출을 요구하니 지점장은 펄쩍 뛰면서 자기가 옷을 벗게 될지도 모른다며 거부했다.

1991년 초 소송을 걸어온 선주 측의 증언으로 법원에서 나의 회사를 감사하는 사태가 벌어졌다. 문제가 된 것은 1981년 로스앤젤레스 지진 때 시 당국에서 조례로 오래된 건축물에 대한 지지보수공사 명령이 발표된 적이 있었다. 이때 내 소유의 4층 건물을 보수하는 데 회삿돈 300,000불을 이체하여 사용했던 일이 있었는데 선주 측에서 이 사실을 10여 년의 재정감사를 통해서 알고 법원에 감사요청을 한 것이었다.

회사자금이 개인자금과 구분 없이 쓰였다는 이유로 나는 버티지 못하고 회사건물과 개인 명의의 집까지 모두 선주 측의 차압이 들어오기 전에 긴급하게 매각해서 은행 대출금을 갚아버렸다. 1987년부터 업계에 소문이 무성했으니 모든 거래처에서도 모두 알고 있었다. 기존에 거래하던 거의 모든 거래처에서 나와 우리 회사와의 거래를 중단했다. 결국 나는 1992년 파산 신청을 하게 되었다.

아무것도 가진 것 없는 상태에서 25년 동안 쌓아왔던 꿈과 성과가 하루아침에 무너졌다고 생각하니 너무도 억울했다. 처음 사건이 발생했을 때 루리아 브라더스가 무한 책임을 진다고 약정했던 것이 기억나서 변호사와 상의해봤더니, 이미 공소시효 7년이 초과해서 효력을 상실했다고 했다. 그야말로 집도 회사도 잃고 25년 동안 쌓아온 모든 것을 잃고 빈손으로 돌아가 버린 것이다.

며칠 동안인가를 깊은 고뇌에 빠져 생각하고 또 생각해봤다. 이대로 주저앉기에는 내가 살아온 세월이 아깝기도 하고,

삶과 죽음을 넘나들던 수많은 고비들이 하나하나 떠올랐다. 특히 성경 속의 하나님 말씀이 불현듯 떠올랐다.

사람이 감당할 시험 밖에는 너희에게 당한 것이 없으리니 오직 하나님은 미쁘사 너희가 감당치 못할 시험 당함을 허락지 아니 하시고 시험 당할 즈음에 또한 피할 길을 내사 너희로 능히 감당케 하시느니라.(고린도전서 10장 13절)

묵묵히 내가 감당하고 통과해야 할 시험이지 인생의 파국이나 끝은 아니었다. 하나님은 우리를 항상 미덥고 든든하게 여기며 내려 보신다고 생각하니 내가 어떤 지경에 이르든 좌절하거나 포기할 수 없었다. 지금까지의 나의 삶 자체가 그것을 증명해온 삶이었다. 비록 자신감이 젊어서보다 떨어지고 다시 시작하는 일에 가슴이 떨린다고 해도 나는 다시 일어나야 했다.

10-3 예기치 못한 도움을 준 고마운 사람

내가 파산했다는 소문은 로스앤젤레스 지역 사회는 물론 한국까지 널리 퍼져 있었다. 은행에서 사업자금을 빌려주지 않았고, 한국에서도 아무도 일거리를 의뢰하는 사람도 없었다. 아무리 한 차례 지나가는 시험이라지만 현실은 임혹했고, 내게 주어진 시험 문제는 잔인할 만큼 혹독했다.

일단 새로 차린 회사의 상호를 '렉서스Lexus Corp.'로 등기했다. 그리고 주된 수출입 상대 지역을 동남아로 돌렸다.

이 무렵 필리핀의 유지인 빙 디비에라MR. Bins Deviela에게서 연락이 왔다. 한번 마닐라에 방문해달라고 했다. 그날로 비행기를 타고 마닐라로 향했다. 당시 필리핀은 정부 투자로 남쪽 민다나오 섬 동쪽에 내셔널 스틸사National Steel Corp.가 창설되어 50톤의 전기로를 운영할 때였다. 고철이 필요했다. 마침 빙 디비에라의 소개로 당사자들을 만나 고철을 수출하게 되었다. 또한 미국 철강회사에서 만들지 않는 소형 구조물들을 말레이시아에서 수입하기도 했다.

어느날 서울에서 모르는 분한테 전화가 왔다. 1994년 여름으로 기억된다.

"김죽봉 사장 맞나요? 다음주에 로스앤젤레스에 방문하는

데, 사장님을 만나 뵐 수 있을까요?"

"혹시 한국에서 고철사업을 하는 분이신가요?"

"네. 그렇습니다."

"그렇다면 내가 파산한 것을 잘 아실 텐데, 저를 만나서 무슨 소득이 있겠어요."

"그런 거 개의치 않습니다. 시간만 내어 주시면 됩니다."

"예, 좋습니다."

그 뒤 내 사무실로 방문한 사람이 이 회장이다. 만나고 보니 10년 전 한국의 고창익 씨 소개로 이 회장의 공장에서 사용할 원자재인 압연재를 사기 위해 우리 회사 제이비메칸타일이 거래하는 유에스 스틸, 뉴코 스틸 등(시카고, 디트로이트, 클리블랜드 등)을 회사 직원들과 다니면서 일을 한 인연이 있었던 사람이었다.

이 회장의 방문 목적은 첫째는 자기 회사에서 생산하는 제품(그레이팅 소재인 I-bar와 round-bar, square-bar 등)을 미국시장에 수출하고 싶고, 둘째는 자기 공장에서 사용하는 원자재인 압연재를 수입하고 싶으며, 셋째는 한국의 유수한 철강회사에 고철을 많이 납품하고 있으니 조건만 맞으면 얼마든지 수입하겠다고 했다. 그 조건은 대기업과 고철수입이 처음이기 때문에 신용관계상 뉴욕에 있는 자기들의 회사를 창구로 하여 진행하자는 것이었다.

이 모든 것에 내가 동의하자 이 회장은 한국으로 돌아가고 그 후 이 회장의 공장에서 생산되는 제품의 30%가 미국으로 수출되었고 나중에는 LA시내에 넓은 야드에 큰 창고와 사무실이 있는 회사를 인수해서 계근대를 놓고 직접 제품을 판매하기도 하였다.

고철사업은 버지니아에 소재한 유나이티드 위너 메탈United Winer Metal과 사전 협의를 마치고 이 회장과 함께 사장 스튜어트Stuart를 만났다. 모든 것이 순조롭게 합의가 되어 미국 내 고철의 공급처를 이 회장의 뉴욕 회사 이름으로 변경해서 에이전트 권한을 넘겨주었다. 이것이 이 회장과의 첫 번째 인연이 되었다.

이 회장과의 인연은 다시 사업이 활성화되는 계기가 되었다. 먼저 캘리포니아에서 컨테이너로 코블 플레이트Coble plate와 압연재를 실어서 부산으로 보내는 수출을 시작하게 되었다. 당시 미국시장에 수입품을 싣고 들어온 컨테이너들은 수출품이 없어 빈 컨테이너로 돌아가는 경우가 많았다. 그래서 어떤 물품이든 실을 수만 있다면 40피트 컨테이너를 280불에 대여해 줄 때였다. 나는 3,000톤의 신용장이 개설되면서 철을 공급하기 시작했다.

처음에는 컨테이너에 고철을 선적하는 것은 문제가 없었다. 그런데 한국에 도착해서 컨테이너를 넘기는 과정에서 문제가 발생했다. 이제껏 고철을 컨테이너로 수송한 것은 이때가 선구적이어서 하역 장비 등의 문제가 발생했으나 이 회장의 회사에서 컨테이너 하역까지 한국의 기업에 도움을 주면서 원만하게 해결되었던 기억이 있다.

수많은 풍문으로 거래가 단절됐던 한국의 여러 기업들과의 거래가 이 회장의 주선으로 다시 트이게 되니 감회가 새로웠다. 세월이 흘러서 2002년에는 법원에서 나의 파산기록이 완전히 말소되었고 신용등급도 다시 회복되었다.

이 회장의 적극적인 도움으로 다시 천직이라 생각했던 무역업에 돌아오게 되고, 한-미간 수출입 시장에서 재기할 수 있는 계기가 되었다.

2004년 나의 나이가 71세가 되던 해였다. 한국으로 보내는 고철을 선적하는 과정을 지켜보면서 나는 이 배를 실어 보내면 이제 은퇴할 결심을 굳혔었다. 조용한 곳으로 이사해서 글이나 쓰면서 새로운 삶을 시작할 계획이었다. 마침 이 회장도 이때 미국에 와 있었다. 같이 배에 선적하는 과정을 묵묵히 지켜봤었다.

이윽고 내 인생에서 마지막 선적을 끝내고 집으로 돌아가기 위해 준비를 할 때였다. 이 회장이 다가와서 대뜸 물었다.

"뭐하십니까?"
"집에 돌아갈 준비를 합니다."

"무슨 말씀을 그리하십니까? 저하고 꼭 같이 가야 할 데가 있습니다."

이 회장은 곁에 있는 직원에게 비행기표 세 장을 준비하라고 지시했다. 그날 오후에 도착한 곳은 앨라배마의 주도가 있는 몽고메리였다. 도착해서 비행장에 내리는네 작은 규모와 낡은 시설에 깜짝 놀랄 만큼 몽고메리는 미국 남부의 낙후된 작은 도시였다.

비행장 밖으로 나오니 이 회장의 뉴욕 회사의 매니저가 마중나왔다. 즉시 호텔로 이동해서 브리핑을 들었다. 나는 처음으로 한국의 자동차 공장이 이곳 몽고메리에 있다는 사실을 알게 되었다. 브리핑에서는 자동차 생산공장에서 발생되는 모든 생철과 폐기되는 건설자재 일체를 이 회장의 미국 법인 회사가 수거하여 큐브 모양의 번들로 만들어서 한국이나 미국시장에 판매하는 일을 설명하고 있었다.

나는 미국에서 거의 평생을 보냈지만 앨라배마는 와본 적도 없었고 일상에서 대화의 주제로 얘기되어 본 적도 거의 없는 생소한 곳이었다. 1969년 동방유량에서 대두 오더를 받아 중남부 네스빌이란 곳까지 와본 적은 있어도 미국 남부 앨라배마까지 와본 것은 처음이었다.

초대형 도시인 로스앤젤레스에 살다가 이곳에 와보니 문명사회에서 한참 멀어진 느낌이었디. 그러나 이곳은 산림이 울창하고 공기가 좋았다. 광활한 대지에 면화와 콩 특히 땅콩과 옥수수, 밀 등 농산물이 풍부한 것이 정말 부럽기도 했다. 몽고메리가 앨라배마의 수도요 남북시대 남부군의 화이트 하우스가 있던 곳이란 사실도 처음 알게 됐다.

이 회장은 이곳에서 시작하는 새로운 사업에서 나에게 고문을 맡아 달라는 부탁이었다. 한 달에 2주 정도 와서 진행사항을 점검하고 자문해달라고 했다. 나는 흔쾌히 수락했다.

땅을 매입하고 큰 공장에서 나오는 많은 양의 모든 스크랩을 수거하여 가공하고 정리하는 데는 많은 장비와 설비, 많은 인력이 필요하였는데 숙련된 인력과 준비물들은 이 회장의 한국 회사에서 건설팀, 전기팀, 굴착기 운전기사, 사무실 인력이 속속 충원되어 그린빌의 햄프턴호텔에 15명이 상시 투숙하면서 준비과정을 진행해 나갔다. 생철을 번들로 찍는 기계도 도입되어 설치하는 중이었다. 나는 준비과정에서 2개월가량 월 2주간씩 몽고메리 현지로 다니면서 일을 했다.

이 회장의 앨라배마 회사가 창립되어 5-6개월이 지났을 때였다. 경영 전반에 문제가 발생하기 시작했다. 갖가지 시설을 만드는 데 시 당국의 검사와 허가가 필요하고 압축기 등의 설비를 들여올 때도 그랬다. 심지어는 안전과 환경 등의 분야에서는 미국 현지의 법률적인 지식이 없이는 한 발자국도 진전시킬 수 없었다.

무엇보다도 3개월 동안 쌓인 생철의 양이 너무 많아서 움직일 수조차 없는 상태가 되어 버렸다. 한국의 제철회사에서는 생철 값이 너무 내려서 가져갈 엄두도 내지 못할 때였다. 공장부지가 너무 좁고 차량이나 굴착기도 더 필요했다. 이 회장은 처음에 한 달에 2주 정도 이곳에 머물면서 고문 역할을 해달라고 했지만 이제는 20일은 와 있어 달라고 부탁했다.

나는 상황이 상황이니만큼 그 부탁을 거질할 수 없었다. 우선 거래 기업을 설득해서 발생하는 생철의 일부를 미국 현지에서 매각할 수 있게 허가를 받았다. 지난 40여 년 동안 좋은 관계를 유지했던 미국 내 철강회사와 협의해서 이 물량을 모두 매각할 수 있었다.

한편, 그린빌 햄프턴호텔에 기거하는 직원들의 호텔비를 줄이기 위해 인근 부지를 매입해서 주택을 지어서 불필요한 지출을 줄였다. 2006년도에는 공장 내부로 들어오는 철로를 개설해서 14대의 화차가 생철을 바로 실어 나갈 수 있게 했고, 창고와 사무실도 증설했다.

2009년부터는 모빌항구에 부두를 장기 임대하여서 수거, 가공, 운반, 배의 용선부터 한국 도착까지 일식으로 책임 운송하는 시스템을 구축하였다.

지금은 미국의 고철가격이 한국보다 높아 철도를 통해 미국 내에서 판매하고 있다. 나는 도저히 이곳을 비울 수 없어 2007년 새로 이곳에 집을 짓고 아내와 함께 완전 이주했다.

10-4 복된 말년, 무한한 행복

처음엔 아내가 이곳으로 이사하는 것을 꺼렸다. 그도 그럴 것이 미국에 와서 사귄 친구나 우리 때문에 한국에서 이민 온 친지들, 이민 초기부터 다녔던 교회가 모두 로스앤젤레스 시내에 있었는데, 이를 모두 등지고 낯선 미국 남부의 작은 도시로 옮겨온다는 것은 쉽지 않은 결정이었다.

그런데 이주를 결정하게 된 것은 다행히 몽고메리에 한인 교회가 몇 있었고, 한국 기업이 진출한 이래 한인들의 인구가 계속 늘고 있었던 점이 크게 작용했다.

대기업 직원뿐 아니라 협력업체도 늘고 그 가족까지 크게 늘면서 몽고메리는 제2의 로스앤젤레스처럼 코리아타운이 만들어지고 있다. 우리는 이곳으로 이주해서 지금까지 일요일마다 몽고메리에 있는 장로교회를 다니고 있다. 교회 신도들은 대부분 자동차 회사나 그와 관련된 직원과 가족들이어서 평균 연령이 매우 젊다.

같이 모여서 성경공부도 하고 서로 기도 제목을 내놓고 함께 기도하면서 늘어나고 있는 한인을 상대로 전도도 하면서 매우 보람있는 생활을 하고 있다. 이제는 이곳이 미국에서 만난 제2의 고향 같다는 생각이 들기도 한다.

이곳으로 이주해서 14년이 됐다. 이 기간 동안 회사의 고문 역할을 하면서 내가 오랜 세월 익힌 무역의 노하우를 젊은 직원들에게 전수하는 일도 매우 보람찬 일이다. 지금은 모두 수준급 이상으로 훈련되었고, 지금 당장 국제무역의 어떤 마당에 내놓아도 손색이 없을 만큼 실력을 갖췄다.

나는 올해 나이가 84세다. 참으로 파란만장한 삶을 살아왔다. 지난날을 회상하면서 문득 사도 바울이 빌립보에 사는 신도들에게 보낸 편지의 내용이 떠오른다.

> 나는 어떤 처지에서도 자족하는 법을 배웠습니다. 비천하게 살 줄도 알며 풍족하게 살 줄도 압니다. 배부르거나 배고프거나 넉넉하거나 궁핍하거나 그 어떤 경우에도 적응할 수 있는 비결을 알고 있습니다. 나에게 능력을 주시는 분을 힘입어 나는 무슨 일이든지 할 수 있습니다."(빌립보서 4장 11 - 13절)

돌아보면 나도 지독한 궁핍함에도 살아보았고 세계를 누비고 다니던 부유함에도 살아 보았다. 피할 수 없는 생사의 길에서 다시 태어나기도 했으며, 비천에도 살아 봤지만 이 고통을 이겨냄으로 삶의 일체의 비결을 배웠다. 나는 나의 인생을 나의 계획과 목적으로 산 것이 아니라 하나님의 헤아릴 수 없는 축복과 그의 넘치는 은혜와 그의 선하신 인도하심이 함께 하셨음을 체험하며 깊은 감사를 드릴 뿐이다. 나의 복된 말년 삶의 무한한 행복을 느끼며 감사한다.